だいわ文庫

菜の花食堂のささやかな事件簿
裏切りのジャム

碧野 圭

大和書房

Menu

菜の花食堂のささやかな事件簿

・裏切りのジャム・

目　次

Menu

目次

菜の花食堂のささやかな事件簿　裏切りのジャム

春菊は調和する

「まず茎を持って、油の中に入れます。そして、ちょっと振って葉っぱが広がるようにしてください。葉が固まって揚がると、ぽってりとしておいしくはなりませんからね。油の中で葉が広がってから、茎も入れるようにします」

下河辺《しもこうべ》靖子《やすこ》先生が、テーブルをまわって注意している。今日は久しぶりの料理教室だ。テーマは春菊。すき焼きくらいでしか料理に使わないので、一人暮らしの私は滅多に買わない食材だ。

それをあえて料理教室のテーマに使おうと靖子先生は言う。私、館林優希《たてばやしゆうき》は靖子先生の助手だ。料理教室だけでなく、菜の花食堂ではフロア・マネージャーも担当している。もう一人、菜の花食堂には私より一つ年下の二十七歳の和泉香奈《いずみかな》さんがシェフ見習いとして働いている。香奈さんは料理教室には参加していない。

「春菊は栄養価が高いわりに、値段は高くない。これから冬にかけておいしくなる季節だし、もっとたくさん食べてほしいの」

今日の料理教室で作るレシピは、春菊のサラダ。春菊と豚肉のオイスターソース炒め、春菊のナムル、春菊の胡麻和《ごまあ》え、春菊とベーコンのパスタ、春菊の天ぷら、それに春菊と油揚げの味噌《みそ》汁。

「独特の香りが苦手という人も多いけど、揚げたり、炒めたりすれば、それほど気にならりません。ほうれん草を使うように、気軽に使ってほしいわ」

　靖子先生はそう言ったが、私は半信半疑だった。私自身も、春菊の香りがあまり好きではない。すき焼きで残った分も、持て余してしまうことが多い。料理教室で、春菊だけ何品も作って食べるのは、あまり気が進まない。口の中が春菊の青臭い香りでいっぱいになりそうだ。

「コツは春菊と同じくらい香りを主張するものと料理することね。胡麻油とかオイスターソースとかベーコンとか。すき焼きだって、ほかの具材が主張しているから、春菊だけ目立つってことはないでしょう？」

　靖子先生の言うことは正しかった。教室で生徒さんに教える前に、下準備で全部作って試食してみたが、それぞれおいしかった。慣れてくると、この香りの強さが代謝にいい気がする。それまで嫌いだったはずの春菊の香りが、さわやかに感じられた。

「慣れは大きいのよ。納豆だって、慣れないうちは臭いと思うけど、慣れたらあの独特な香りが好きになるでしょう？」

靖子先生はそう言って笑う。確かに、いろいろ料理したおかげで、私も春菊に慣れたのかもしれない。

料理教室では、天ぷらが今日最後の調理だ。揚げたてを食べたいから、ほかのものが完成してから天ぷらを作ることにしたのだ。今日の料理教室のメンバーは八人、村《む》田《ら》佐《た》知《さ》子《ち》さん《こ》や杉本春樹《すぎもとはるき》さんといった常連さんに、新規で水野裕美《みずのひろみ》さんという女性が加わっている。三十代で、幼稚園に通う子どもがいるそうだ。包丁の使い方や、炒めたり揚げ物をする様子を見ていると、わりと料理は得意なようだ。私も助手を続けているうちに、その人がどれくらい料理ができるのか、だいたい判断できるようになっていた。裕美さんはわざわざ料理教室に通う必要もないように思える。だけど、本人に言わせると、独学ではどうしても作るものがワンパターンになってしまう。野菜料理のレパートリーをもっと増やしたいからこの教室に参加することにしたという。なかなか研究熱心な女性だ。

「春菊は意外とほかの食材と馴染《なじ》みやすいんです。今日は春菊だけの天ぷらにしましたが、もちろん玉ねぎや人参と合わせてかき揚げにしてもかまいません。あるいは、牡蠣《かき》といっしょに揚げてもおいしいですよ」

そうして天ぷらが完成すると、試食の時間だ。普段は食堂で使っているテーブルに完成した料理を運ぶ。四人掛けのテーブルとカウンター席の中からそれぞれ思い思いの場所に座る。

「裕美さん、こちらにいらっしゃいませんか？」

常連さんはそれぞれ固まって座っている。初参加の裕美さんが戸惑っているのを見て、先生が声を掛けた。裕美さんはほっとした顔で、料理の載ったお盆を持って先生の前に座った。私は先生の隣りに座っている。

「では、いただきます」

先生が両手を合わせてそう言うと、生徒たちも「いただきます」とそれぞれ口にする。そうして、食事を始める。

「これ、おいしい」

「味噌汁に春菊もいいわね。今度うちでも作ろう」

それぞれのテーブルから、料理の感想が聞こえてくる。裕美さんが黙って天ぷらを食べているので、私が声を掛けてみる。

「天ぷら、どうですか？」

裕美さんはちょっと驚いた顔をしたが、すぐに笑顔になった。笑顔になると、頬の笑窪《えくぼ》がくっきり見えてかわいらしい。

「おいしいです。天ぷらは大好きなんですけど、ここしばらく食べていなかったから、嬉しくて、噛《か》みしめていました」

「天ぷら、食べてないってどうして？」

先生が裕美さんに聞く。近頃では台所が汚れるので揚げ物は家ではしない、という家庭も多い。だが、うちで作らなくても、お惣菜で揚げ物は売っているし、冷凍食品でも解凍するだけで食べられる揚げ物もある。それに、外食では揚げ物が多い。だから、家で作らなくても、揚げ物を食べる機会には事欠かないはずだ。

「あの、ダイエットしてるんです」

「ダイエット？」

そう言われても、裕美さんは太っているようには見えない。それに、小さなお子さんがいるおかあさんなら、むしろふっくらしているくらいの方がやさしそうに見えていい、と個人的には思う。

「私ではなく、夫の方」

「ああ、そうなんですね」

結婚して男性が太るというのはよく聞く話だ。独身時代は不規則な生活で食事を抜くことも多かったのに、三食ちゃんと食べるようになったために太ってしまうというケースなのだろう。

「以前はサッカーをやっていたから、身体も引き締まってかっこよかったんです。でも、結婚してから太り始めて、最近ではおなかが出てきてしまって。まだ三十代だというのにかっこ悪いでしょう？」

「なるほど、それで揚げ物禁止なんですね」

「ええ。油ものは高カロリーでしょう？　なので、天ぷらやフライは厳禁。ほんとは二人とも大好きなんですけどね」

裕美さんは溜め息を吐《つ》く。

「揚げ物でも、たとえば素揚げにすれば、カロリーは抑えられますよ。小麦粉と片栗粉を適当に混ぜて、それを春菊に絡めて揚げてもおいしいですよ」

先生がそうアドバイスする。実は今日のメニューを決める時、天ぷらにするか、素揚げにするか、二つの案があった。結局、天ぷらの方がいろいろコツが必要なので、そちらを教えるために教室で取り上げることになったのだ。

「だけど、やっぱり揚げ物でしょう。ダイエットには向かないんじゃないでしょうか？」

「そうね、どれくらい厳しく食事制限するかによりますけど。素揚げもダメというくらい厳しいやり方なら、炒め物もダメということになるし」

「そこまで厳しくはしてないです。炒め物がダメとなると、料理するこっちもたいへんだし」

「何キロくらい減らしたいの？」

「目標は独身時代と同じ体重なので、七キロ減らしたいんです。とりあえず、油ものと甘いものを禁止して、ご飯を減らしています。私も、なるべく野菜料理を増やして、それで満腹感が得られるように、と頑張っているんですが」

「それで、効果はありましたか？」

「それが……」

裕美さんの顔が曇った。

「もう四か月になるのに、ほとんど効果がないんです。私の方は二キロ減ったのに、夫の方はまるで変化なし。それで、困っているんです。会社の人には『幸せ太り』とからかわれているみたいだし」

「幸せ太りと言われるのなら、いいじゃないですか。うちでおいしいものをちゃんと食べさせてもらっているということだし」

「でも、まるで私の健康管理がなってないみたいで気になるんです。太ると生活習慣病のリスクが高いし。それに」

「それに？」

「旦那が太っていた方が浮気の心配がなくていいわね、なんて言う人もいるんです。それがくやしくて」

靖子先生は微笑《ほほえ》んだ。私の口元も緩む。裕美さんは、ちゃんとした奥さんに見られたいんだろう。もしかすると、完璧主義なのかもしれない。

「あら、そんなこと言われるなんて、以前はよほどかっこよかったんですね」

「ええ、まあ。職場結婚だったんですけど、気さくな性格だし、わりとモテたんです。それで、私との結婚が決まった時にはいろいろ陰口を叩かれました。顔ではなく、胃袋で摑んだとかなんとか。負け犬の遠吠えだと思って、気にしないようにはしていたんですけど」

なるほど、職場のみんなの憧れの男性との結婚が決まると、いろいろとやっかみもあるだろう。だけど、結婚してもう何年になるだろう？　子どもが幼稚園に入るくらいだから、五年は経っているだろう。それでも、まだ裕美さんは結婚の時のことを気にしているのだろうか。

「食事制限を始めて四か月経つのに体重が変わらないというのは、おかしいわね。三十代ならまだ代謝もいいし、効果が出始めるはずだけど」

「私もそう思うんです。だから、社食でどか食いしてるんじゃないかと疑っているんです。それが原因で、夫と口論になったりして」

「旦那さんはちゃんとやってると？」

「ええ。社食でも私の言う通りご飯の量を減らして頑張ってるのに、なんで疑うんだって。それでなくても、最近なんだかイライラしているし、それなのに痩せないし、ほんとどうしたらいいのか」

裕美さんの唇が歪んだ。一瞬、泣き出すように見えたが、すぐにこちらを気遣うように、笑顔になった。

「すみません。自分の話ばっかりして」

「いいえ、いいのよ。だけど、あまりダイエット、ダイエットと気にしていたら、食事もおいしくないし、それが原因で喧嘩になるなんて残念なことだわ」

「はい。私が感情的になったらダメですね。まだ四か月だし、もうちょっと気長に頑張ります」

裕美さんは明るく言った。靖子先生は何か言い掛けたがそれを口には出さず、黙って微笑んだ。

その翌週の日曜日の夜、裕美さんは家族でレストランの方へ来てくれた。料理教室は月に数回だが、レストランは週六日営業している。ランチタイムから夕方までが中心で、夜の営業はいまのところ予約のお客さまだけ受け付けていた。

「今日は私の誕生日なんです。それで夫が好きな店に外食に連れて行ってくれるというので、ここにしました」

裕美さんは嬉しそうににこにこ笑っている。

「こちら、夫の和之《かずゆき》です」

「こんばんは。妻がお世話になっています」

裕美さんといっしょに現れたのは、俳優のように目鼻立ちの整った、すらりと背の高い男性だった。だが、着ているものは地味なセーターにジーンズ。これだけイケメンで服装がおしゃれだと嫌味な感じがするが、あまりこだわってないところがいい、と私は思った。娘の手をしっかり握り、愛想よく笑っていることにも好感が持てる。

太り始めておなかが出ているが、それでも、この人ならモテそうだな、と思う。

和之さんに比べると、裕美さんは控えめな印象だ。色白だが目鼻は全体に小づくりな感じだ。和之さんはバタ臭いと言われそうな顔立ちだが、裕美さんは純和風。

結婚の時、不釣り合いだとやっかまれた、というのもなんとなくわかる気がした。

「お待ちしていました。こちらのお席にどうぞ」

私は二人をいちばん奥のテーブル席に案内する。ここは大きな窓からライトアップされた庭が見える、いちばんいい席だった。

「今日はご予約が水野さまだけでございます。どうぞごゆっくりおくつろぎくださ い」

夜の営業は不安定で、満席になることもあれば、一組しかお客さまがない時もある。だが、今日のように日曜日の夜に一組だけ、というのは珍しいことだった。ディナータイムのメニューは予算を伺って、シェフのおまかせでお出しすることになっている。

「ああ、それは助かります。娘は大人しい方ですけど、ほかにお客さんがいると、どうしても気を遣いますから」

そうして、和之さんは愛おしそうに四歳くらいの幼い娘を見た。娘はパパ似なのか、目がくりっと大きく、鼻筋も通っている。子どもらしい素朴な愛らしさというより、将来美人になりそうな、整った顔立ちだ。

「うちでは、もともとお子さまを歓迎しております。そういうお店だとわかってくださるお客さまばかりなので、ご遠慮なさらなくても大丈夫ですよ」

「ありがとうございます。そういうお店がもっと多いといいんですが、普段はファミレスばかりなんですよ。こういうお店に家族で来たのは久しぶりです」

「そうでしたか。どうぞ、楽しんでください。お子さまは、苦手なものとかございますか？」

私がじっと見ると、娘ははにかんだように隣りに座る母親の袖にしがみついた。

「瑠璃《るり》はなんでも食べられるかな？」

和之さんがやさしい声で娘に聞く。

「うん、平気」

「茄子《なす》でも大丈夫？」

「大丈夫」

「ほんとに？　後から嫌いって残すのはなしよ」

「大丈夫。茄子、食べられる！」

和之さんは微笑みながら、私に言う。

「本人がこう言ってるので、なんでも持ってきてください」

「かしこまりました」

私はそう答えたが、実は事前に裕美さんからNG食材は聞いていた。和之さんはしし唐とピーマンがダメ、瑠璃ちゃんは茄子と人参が苦手。裕美さんは苦手なものはない。だから、それに合わせてメニューを組み立てている。

「最初にお飲み物をお持ちしましょうか？」

「はい。ビールをお願いします。私は乾杯だけなので、グラスは小さいのにしてください。それから、瑠璃にはリンゴジュースを」

裕美さんが言う。裕美さんはアルコールは苦手なので、二杯目からは辛口のジンジャーエールを、と事前に聞いていた。

「かしこまりました」

キッチンに戻って飲み物の準備をしていると、香奈さんが最初の料理を渡してくれた。お客さまは一組だけだが、靖子先生だけでなく、いつもどおり香奈さんも助手に付いている。最初の料理は突き出しと言えばいいのか、先付と言えばいいのか。この店はあくまで食堂なので、懐石料理のように凝ったものではない。かといって、飲み屋の料理のようにラフなかたちでもない。ご家庭のおもてなし料理、といった感じだろうか。

最初のお皿はたたきゴボウ、ゆり根の梅和え、カマンベールチーズの春菊巻き、生ハムときのこのマリネが少しずつ皿に盛りつけてある。お酒のおつまみになるような、それでいて目にも楽しいお料理だ。

「わあ、おいしそうだな」

裕美さんの旦那さんが明るい声で言う。

「お嬢さんには、こちらを」

小さいお子さんは待っていられないので、この段階でメインの料理をお出しする。お赤飯と豆ご飯、栗ご飯をそれぞれ小さなおにぎりにしたものに、串に刺したつくねとウズラの卵、ほうれん草の海苔《のり》巻き、蓮根《れんこん》のはさみ揚げ、柿の白和えといったメニューだ。汁物は、お子さんの好物だというコーンスープをお出しする。幼児にも食べやすく、だけどよくあるお子さまランチのメニューとは違うものを、と考えたものだ。

「いいわねー。ママもそっちにすればよかったかな」

「これ、瑠璃の。ママにはあげないよ」

「えー、ちょっとくらいいいじゃない」

「ダメー。大人は大人のものを食べなさい」

その言い方がおしゃまでかわいらしく、裕美さんと和之さんは顔を見合わせて笑う。絵に描いたような幸せな家族の光景だ。私は結婚にはまだ興味がないけれど、こういう光景を見るとちょっとうらやましくなってしまう。

最初の皿を食べ終わるのと同時に、次のお皿をお持ちする。松花堂《しょうかどう》弁当のように区切られた四角い器に、マナガツオの朴葉《ほおば》焼き、豚肉の胡麻揚げ、滝乃川カブと銀杏《ぎんなん》の炊き合わせ、寺島ナスの揚げびたし、ウドの酢味噌和え、ほうれん草とアーモンドの和え物が載っている。本当ならひと皿ずつゆっくりお出ししたいところだが、お子さんがごいっしょなので、あまり時間も掛けられないだろうから、一度にお出しすることにしたのだ。

その後、ご夫妻がゆっくりお食事できるように、私がお子さんの給仕に付く。瑠璃ちゃんは人見知りしないので、私が「じゃあ、こっちのほうれん草も食べましょうね」などと話し掛けると、素直にそれに従ってくれる。それを見て安心したように、裕美さんは自分の食事に集中した。

「この茄子、ふつうのとちょっと違いますね」

とくに説明はしなかったのだが、裕美さんは気がついたようだ。やはり料理上手なので、素材には敏感だ。

「はい。江戸東京野菜の寺島ナスを使っています。ふつうの茄子より小ぶりですけど、加熱するとうまみが増すんですよ」

「江戸東京野菜って？」

「江戸時代から昭和中期にかけて東京近辺で作られていた固定種の野菜のことです。最近では品種改良された野菜が主流ですけど、そういう昔ながらの野菜を作っているところがこの近くにもあるので、うちはなるべく使おうと思っているんですよ」

などと会話しながら、穏やかに食事が進む。

「どれもおいしいですね。うちの裕美も料理はなかなかの腕ですが、わざわざこちらに習いに来たいと言った理由がわかりましたよ。ふつうの家庭料理のようだけど、ちょっとランクが上というか、家では出せない味ですね」

と、和之さんは言う。

「ありがとうございます。うちの料理人は出身が関西なので、味付けが少し違うのかもしれませんね」

「なるほど。出汁《だし》が違うのかもしれませんね」

和之さんの言葉に、裕美さんが続ける。

「それから、素材がいいんだと思います。旬のもの、新鮮なものを使っているんですね。こちらのお店は野菜がとてもおいしいです」

「ありがとうございます」

そう言いながら、二人の食べ具合を観察する。裕美さんはまだ半分くらい残っているが、和之さんはあらかた食べ終わっている。そこで、栗ご飯となめこの赤だしをお持ちすることにした。それを見て、旦那さんが目を細めた。

「栗ご飯なんて久しぶりだなあ」

そうして、ご飯茶碗を抱え込むようにして、食べ始めた。私はちょっとびっくりした。まるで成長期の男の子が、食べても食べても食べ足りない、というようにご飯をかっこむ、そんな様を思い起こさせるような、勢いのいい食べ方だ。

「あなた」

裕美さんが注意を促すように声を掛ける。しかし、すぐに食べ終わると、

「おかわりいいですか?」

と、高校生のように元気よく言う。

「あなた、それは」

裕美さんが眉をひそめている。そういえば、和之さんはダイエットをしている、と言ってたっけ。

「今日はうるさいことなしって言ったじゃないか。お茶碗だって小さいし、二杯くらい食べても大丈夫だろ?」

「だけど、お店の人も困るでしょ」

「おかわりでしたらたくさんありますから、大丈夫ですよ。好きなだけお召し上がりください」

そうして、おかわりをお出しすると、和之さんはすごい勢いで食べ始めて、あっという間に完食した。そして、

「あの、もう一杯いいですか？」

と、茶碗を差し出す。すると、裕美さんがいきなりそれをひったくった。

「もう、いい加減にして。いくらなんでも食べすぎよ。おかずだって、いつもよりずっと多いんだし。この一食で相当なカロリーがあるはずだわ」

それを聞いて、私の方がびっくりした。おっとりした雰囲気の、裕美さんらしからぬ言動だ。

「そんなこと言っても、この店がいいって言ったのは裕美じゃないか。いまさら、食べすぎだって、おかしいだろ」

「そりゃ、今日くらいは、と思っていたけど、ご飯を三杯もおかわりするなんて非常識だわ。あなた、だからちっとも痩せないのよ」

怒っているのか、裕美さんの顔色が悪い。

「別に俺は無理してまで痩せたいなんて思ってない。いまのままでも健康だし、それ

でいいじゃないか」

「そんなわけにはいかないわ。太りすぎは生活習慣病の原因になるし、あなたがだらしなく太り続けるのは奥さんがだらしないからだって言われるのよ」

「どうしましたか？」

騒ぎを聞いて、キッチンの奥から靖子先生が出てきた。

「あの、すみません、家内がちょっと感情的になって」

和之さんはそう言うが、瑠璃ちゃんがパパにダメ出しする。

「パパもダメだよ。約束守らないんだもん」

「約束って？」

靖子先生が瑠璃ちゃんにやさしく尋ねる。

「パパね、ご飯はお茶碗一杯だけってママと約束してるんだ。なのに、パパは何度もおかわりするから、ママが怒ったの。約束は守らなきゃ、ダメだよね」

娘の言葉に毒気を抜かれたのか、和之さんは頭を掻《か》きながら言う。

「その、妻は私の健康のことを気遣って、低糖質ダイエットって言うんですか？　糖質を減らせってうるさく言うんですよ。もともと僕はご飯食いで、学生時代はサッカー部だったから、どんぶりでおかわりしていたんで、それでつい」

「裕美さん、どうしました？」

靖子先生の声にはっとして、私も裕美さんの方を向く。裕美さんは真っ青な顔をしていた。

「裕美、大丈夫か？」

和之さんが声を掛けるのと同時に、裕美さんは立ち上がり、トイレの方へと足早に向かう。そして、ばたんと扉を閉めた。中から嘔吐する音が聞こえてくる。

裕美さんのお皿を見る。半分以上手をつけていない。具合が悪かったのだろうか。

しばらくして、裕美さんが席に戻ってきた。

「すみません、ここ数日、胃腸の調子が悪くて」

「ママ、大丈夫？」

瑠璃ちゃんが心配そうに母親の顔を覗き込む。

「裕美さん、もしかしておめでたですか？」

靖子先生に聞かれて、裕美さんは虚を衝《つ》かれたように目を見開いた。

「そんなはずは……いえ、そうかも」

「えっ、ほんとに」

「自信ないけど、言われてみればいろいろと思い当たることが……」

「なんだ、そうだったのか。どうりで最近気が立ってると思った。よかったなあ、ほんと、嬉しいよ」

和之さんがいたわるように裕美さんの手を取った。

「でも、まだ決まったわけじゃないし……」

「いや、きっとそうだよ。そうに決まってる」

「まあまあ、そう決めつけるのは、お医者さんに診《み》てもらってからの方がいいんじゃないですか？」

「たぶん間違いないです。ここのところ、裕美はちょっとおかしかったんです。それまで使っていた柔軟剤の匂いがきつくて耐えられないとか。こってりしたものは胸やけするとか。それまで平気だったことが気になって仕方ないみたいで。俺の食事のことをやたら細かく詮索するようになったのも、このひと月くらいだし」

和之さんは能天気なようでいて、奥さんのことをよく見ている、と私は思った。

「そう、ダイエットなさっていらっしゃるんでしたね。それで、あまり効果がない、とか」

「ええ、そうなんですよ。俺はご飯は茶碗に一杯にして、好きなビールも週に二回だけにして頑張ってるんです。なのに効果が出ないので、裕美は社食で食べすぎてるんじゃないか、って疑うんですよ」

「確かにおかしいですね。まだお若いから代謝もいいし、ダイエットはやっただけ効果はあると思うんですが」

「そうなんですよ。だからもう、これは俺の体質じゃないか、と。きっと昔みたいに運動すればいいんでしょうけど、スポーツジムに通う時間もないし。そんな時間があったら、瑠璃と遊ぶ方が大事だし」

「失礼ですが、会社で何か飲んだりされてますか？　ジュースとかコーラとか」

「ジュースやコーラは滅多に飲みません」

「では、スポーツドリンクは？」

「え、ああ。スポーツドリンクはよく飲みます。サッカーやってた頃、脱水症状にならないようにと飲んでたのが習慣になっていて」

「日に何本くらい？」

「そうですね。営業で外回りした日は四本くらい飲むこともあるかな？」

「それはいけませんね。スポーツドリンクは運動で失われた塩分や栄養分を急速に取り戻すための飲み物なので、糖分も相当含まれていますから。四本も摂ったらカロリーオーバーですよ」

「そうなんですか」

和之さんはちょっと驚いている。スポーツドリンクは身体にいい、と思っていて、ダイエットとは結び付かなかったのだろう。

「それに、ご飯を減らした分、おかずを増やしたり、間食したりしてませんか？」

「まいったなあ。確かにそれはありますね。でも、煮物を加えたり、間食もせんべいとか甘くないものを食べているんですけど」

「ああ、それはいけませんね。煮物は野菜だからいいと思いがちですが、根菜類だと糖質は多いし、調理に砂糖も使いますからね」

「そうなんですね」

「それに、おせんべいも元はお米ですし、油で揚げているものだったら、それなりのカロリーです。ご飯を減らしても、空腹感があればつい間食してしまいます。それくらいなら、むしろご飯は二杯ちゃんと食べる方がいいんですよ」

「えっ、そうなんですか？」

和之さんと裕美さんは二人とも驚いた顔をしている。

「できれば玄米にして、ゆっくり嚙むといいですね。食事内容を変えなくても、三十回ずつ嚙むというだけで、体重が減る場合もあるんですよ。嚙んでいるうちに満腹中枢が刺激されて、食べる量が減ると言われていますから」

「玄米ですか。ちょっと苦手かなあ」

「ちょっと待ってくださいね」

靖子先生は奥のキッチンに引っ込んだ。そして、すぐにお椀を持って戻ってきた。

「これ、うちで炊いたものですが、よければ味をみてください」

お椀の中に入っているのは、少量の玄米だ。和之さんが「では」と受け取って、箸をつけた。

「ああ、これなら食べやすい。玄米とは思えないくらいもっちりしているし」

「これは発芽玄米なんですよ」

「発芽玄米？」

「発芽玄米はお店でも売ってますが、うちではふつうの玄米を使っています。炊く前にひと手間掛けて、ぬるま湯に入れて一日置くんです。そうして玄米を発芽させてから炊飯器か圧力鍋で炊くと、こういう状態になるんですよ」

「へー、そうなんですね」

「やってみます。うちにヨーグルトメーカーがあるから、それを使えば保温は簡単にできるし」

裕美さんが力強くうなずいた。ヨーグルトメーカーを持っているのはさすがだ。やはり裕美さんは料理への関心が高いのだろう。

「だけど、ゆっくり食べるって、家ならできるけど、社食じゃやりにくいな。さっさと食べて、席を譲らなきゃいけないし」

「それでしたら、せめて食べる順番を変えるだけでも効果はありますよ」

「食べる順番？」

「野菜や海藻類を先に食べ、次に肉や魚といったたんぱく質、最後にご飯や麺類などの糖質、という順番にするといいんですよ」

「ああ、野菜ファーストっていうやつですね。聞いたことあります。ご飯におかずを載せて食べるのが好きなので、ちょっと味気ないですけどね。まあ、やってみます」

「だけど、ほんとの話、食事だけで痩せても、結局リバウンドすることが多いんです。痩せたと思って、元の食事に戻したら、同じですからね。だけど、和之さんは運動されていたそうなので、もともと代謝はいいはずなんです。だから、食事に気をつけるだけじゃなく、運動を適度に取り入れた方が効果はあると思うんですよ」

「運動かあ。でも、働いているとなかなか時間が取れなくて」

「運動は生活の中に組み入れないとできないですね。だけど、サラリーマンの方がやろうと思えばやれるんですよ」

「えっ、そうでしょうか？」

「通勤なさっているんでしょ？　だったら、ひと駅手前で降りて歩く距離を増やすとか、エスカレーターやエレベーターを使わないようにするだけで、結構な運動量になりますよ。むしろ家で仕事や家事をしている人の方が、意識的に時間を取らないといけないので、習慣化しにくいんです」

「なるほど、やってみます。食事はよく噛んでゆっくり食べる。野菜から先に食べる。スポーツドリンクと間食をやめて、なるべく身体を動かす」

和之さんは素直な性質なのか、先生の言ったことをちゃんと受け取った。

「そう、それを実行すれば、ご飯を二膳食べたとしても、ちゃんと効果は出るはずですよ」

「ご飯を二膳食べられるのは嬉しいな。ご飯食べないと物足りないから」

「でも、なるべくゆっくりよく噛んで食べてください」

「わかりました」

「それから、裕美さんも、あまりダイエットに神経質にならないようにね。たまには揚げ物を摂っても、その分運動でカロリー消費すればいい、と思わないと、長続きしませんよ。逆にカロリー高いものは絶対ダメ、と思っていると、ストレスでどか食いしたくなったりしますから」

「でも……」

裕美さんの方がこだわりがあるようだ。

「社食だとつい食べすぎてしまうかもしれないし、つきあいでお店に行ったりすると、どうしてもカロリー高いものになるし、やっぱりお弁当にした方がいいんでしょうか?」

「ダイエットって、結局周りがいくら勧めても、本人がその気にならなきゃできませんよ。生活習慣を変えることですから」

靖子先生はやんわりと諭すように言う。

「奥さんはカロリーの低いおかずを作って協力することはできるけど、生活習慣を変えたいかどうかは本人の考え方次第ですから。和之さんは大人だし、ちゃんとやると言ってるんだから、それを信じてあげたらどうですか?」

それを聞いた和之さんが、我が意を得たり、というようにうなずいた。

「そうだよ。裕美は俺のこと信じなさすぎる。俺だって、この体型は不健康だと思うし、ちゃんと変えたいと思っているから、努力するつもりだよ。身体動かすことは嫌いじゃないしね」

「でも……」

裕美さんの目にふいに涙が溢れた。

「裕美さん、気持ちが動揺しやすくなっているのかもしれませんね。ごめんなさい。強く言いすぎたかしら」

靖子先生は裕美さんの背中をさすった。

「いえ、私が悪いんです。つまらないことにいつまでもこだわって。和之のことちゃんと信じてあげられなくて」

「ママ大丈夫？」

瑠璃ちゃんも母親を慰めるように、背中を撫でた。靖子先生はふと顔を上げて、和之さんの方をじっと見た。

「あの、和之さん、つかぬことを伺いますが、最近、そう、ここ数か月で仕事の状況が変わったりしました？」

「仕事の状況？」

「どなたか、昔馴染みの女性と仕事するようになったとか」

それを聞いて、和之さんではなく裕美さんの方が驚いたように靖子先生の顔を見た。

「ああ、確かに。この春から、同期の女性と組んで同じプロジェクトを任されることになって。……裕美、まさかそれを気にしていたのか？」

裕美さんはびっくりした顔をしている。その表情で、和之さんの言うことが図星だとわかった。靖子先生は洞察力があり、物事の裏に隠された事実を鋭く指摘する。まるで探偵のようだ、と私は思うのだ。

「まったくもう、北島《きたじま》はただの同僚だって。何度言えばわかるんだ」

「それはそうだけど、周りはそうは見てないよ。私より北島さんの方が和之に似合っているって、散々陰口言われたし。なんであんな地味な子と結婚するんだって」

なるほど、裕美さんがダイエットにこだわっていたのは、自分がよき妻だということをちゃんと示したかったからなのだろう。北島さんという女性の存在がきっとそのきっかけになったに違いない。

「地味だろうとなんだろうと、俺が選んだんだから、いいじゃないか」

「むしろ、表立って手柄をみせつけるより、陰でちゃんと気働きする、そういう女性が和之さんはお好きだったんでしょ？」

靖子先生は穏やかな口調でそう問いかけた。

「ええ、そうです。俺、体育会系だから、古いかもしれないけど、マネージャータイプというか、陰で選手を支えてくれるようなタイプが好みなんです。北島はいいやつだけど、同じ選手というか、どっかライバルみたいなもので、恋愛の対象じゃない」

「裕美さんはそういう意味で、どストライクだったんですね」

「どうしてそんなこと、わかるんですか？」

今度は裕美さんが靖子先生に尋ねる。

「それは、料理教室の時の様子を見てますから。裕美さんは自分のやることが終わると、ほかの人を手伝っていましたね。それに、片付けを丁寧に最後までやっていたから、食べるのも遅れてしまった。ほかの人は適当に切り上げて、さっさと席に着いていたのに」

そういえばそうだった、と私も料理教室のことを思い出した。手際のいい裕美さんは自分のやることが終わると自分から仕事をみつけて、周りを助けていた。それもこれみよがしでなく、ごく自然に。

「そうなんですよ。裕美はそういうやつなんです。仕事の時も、ほかの人が面倒がるような雑用も率先して片付けていたし、派遣社員の人が急に早退することになったら、誰にも言わずにそのフォローをしていたし」

「それは……私は北島さんみたいにばりばり仕事はできないから、せめてできることぐらいはって。誰にでもできることしかやっていません」

「そんなことないですよ。周りをちゃんと見て、気配りしている人じゃなきゃ、できないことです。会社みたいに評価の出るところでなく、料理教室のようなところでそれができるというのは、その人の人間性ですよ」

それは確かにそうだ。料理教室に来る生徒さんの中には、『お金を払っているのだから』と片付けなどは一切しない人もいる。そして、そういう人は不思議と教室は長続きはしないのだが。

「俺と結婚が決まった時、あれこれ噂になったのは、裕美じゃなく、俺へのやっかみもあったからなんだ。裕美は男性陣の間で人気が高かったから」

「え、そうなの？」

裕美さんはびっくりした顔で和之さんを見た。

「控えめな大和撫子タイプ、料理もうまいし、結婚したい女子社員ナンバーワンって陰で言われていたんだぜ」

「嘘っ。私、会社にいる時、そんなにモテなかったよ」

裕美さんは心底びっくりしている。自分が男性にモテるなど、とても信じられないと思っているようだ。

「そういうタイプはうかつに声を掛けられない。交際するなら結婚を前提にしないと、って思われてたからね。まだちょっと遊びたいって思う連中は声を掛けあぐねていたのさ。俺の場合、三十歳目前だったたし、そろそろ年貢の納め時だと思っていたから、この子だ、と思ってすぐに声を掛けたんだけど」

「そうだったの」

裕美さんは照れて真っ赤になっている。

「俺、それまで結構遊んでいたし、つきあってたのは北島みたいな派手なタイプが多かったから、真逆の、裕美みたいな女性と結婚するというのがみんなには意外だったということもあるんだろうな」

「北島さん、よく引き合いに出されたわ」

「だけど、俺、ほんとに北島とはつきあってなかったんだよ。同じ部署の人間とは関係を持たない、それが俺の流儀だったから」

「後ろめたいことがないから、仲の良さをおおっぴらに見せられるってことはあるわね。ほんとうに何かあったとしたら、逆に隠したがるでしょうし」

靖子先生は笑顔を浮かべながら、鋭い指摘をする。

「その通り。俺は北島は戦友だと思ってる。だからこそ恋愛関係にはなりたくない。

そうなったら、なんていうか、いい関係じゃなくなると思うし。それはあいつも言っていた」

「まあまあ、それは奥さまには言わない方がいいですよ。そういう関係というのは、ある意味不倫以上に嫉妬の対象になるものですから」

「えっ、そうなんですか？」

「そうですよ。不倫なら肉欲が原因だと思えますけど、そういう男女の友情って精神の繋がりだけだから見返りのないものだし。家族とか愛人とはまた別の、奥さまには手の届かない大事な存在ということですからね」

「そうなのか……」

まだ和之さんにはぴんとこないようだ。裕美さんはその通り、というように深くうなずいている。

「もし、裕美さんに学生時代からのつきあいの男性の親友がいたら、どう思われますか？」

聞かれた和之さんは、鳩が豆鉄砲を食らったような顔をした。

「恋愛関係ではない、と言われても、自分の知らない時間を長く共にしている異性の友人がいたら、いい気持ちにはならないでしょう？」

「それは……確かに。でも、北島はほんとにいいやつだし、俺が裕美と結婚したいと言った時にも、大賛成だと言ってくれたんだよ。あの子は女性には珍しく裏表のない子だ。人の悪口も言わないし、自分のことをことさらよく見せようともしない。あんたにしては珍しくいい趣味だって。俺、それを聞いて安心したんだよ。女の評価は女の方が信頼できるから」

「えっ、そうなの？」

裕美さんは再びひどく驚いた顔をした。よほど北島さんという女性のことを悪く考えていたのかもしれない。

「北島は正直なやつで、お世辞は言わないけど、嘘も言わない。北島がそう言うんだから、間違いない、ってそれが決め手だったんだ」

裕美さんは呆然としている。それも無理はない。いままでライバルだとばかり思っていた相手が、実は自分と和之さんとの関係を後押ししてくれた、と知ったのだから。

「だったらね、いちばんいいのは、北島さんと裕美さんをもう一度会わせてしまうことじゃないかしら。家族ぐるみで仲良しになればいいでしょ？」

茶目っ気たっぷりな笑顔で、靖子先生が言う。

「そうか、そういう手があったのか」

ぽん、と和之さんは右手を丸めて左の掌《てのひら》を叩いた。

「じゃあ、そのうち北島やほかの連中をうちに連れてくるよ。そうすれば、裕美も安心だろう?」

「え、ええ。そうね」

裕美さんは同意したが、少し顔がひきつっている。

自宅に夫の同僚を招くのは結構気を遣う。妊娠しているのなら、よけいプレッシャーだろう。

「そうしよう。もちろん、つわりが終わったあとでいいからさ」

「うん、だったら、やってみる」

裕美さんも同意した。その場にほっとした空気が流れた。すると、突然、瑠璃ちゃんが声をあげた。

「ママ、コーンスープ、おかわりしてもいい?」

大人が何やら深刻な話をしていたので、遠慮していたようだ。

「ごめん、ごめん、もちろんよ。お願いできますか?」

「わかりました。すぐお持ちします」

それをしおに、私と靖子先生は自分の持ち場へと戻っていった。

水野さん一家が帰った後、私は先生に聞いてみた。

「あれでよかったんでしょうか？　会社関係の人を家に招待するって、結構プレッシャーだと思いますけど。妊娠中だとしたら、たいへんじゃないですか？」

「それはそうですけどね。裕美さんならきっとうまくやると思うわ。それに、目に見えない相手のことは余計大きく思えるものよ。あれこれ妄想しているうちに、悪い方に悪い方に想像が膨らんでいくものだから。裕美さん、体調のせいもあってナーバスになっているから、よけいに。だったら、ちゃんと相手を見極めた方がいい。和之さんがあれだけ自信を持って言うんだから、ただの同僚だと思うしね。それに」

「それに？」

「おせっかいだと思うけど、予防線にもなるかもしれない」

「予防線？」

「男と女のことだもの、何が間違いで火がつくかはわからない。だけど、家族ぐるみのつきあいであれば……奥さんや子どもの顔が浮かぶのであれば、そういう気持ちも抑えられるんじゃないかと思うのよ」

和之さんと北島さんのことを言ってるのだろうか。和之さんがあれほど恋愛ではない、と主張しているのに、先生はほんとうは信じていないのだろうか。

「そういうものですか？」

「そういうものだと思うのよ。不倫をする人って、たいてい相手の家族のことを忘れている、ないものだと思っているからね。あるいは自分たちの恋愛を燃え立たせるための障害、くらいにしか思っていない。だけど、もしリアルに相手の家族のことや、生活空間を知ってしまったら、そんなロマンチックな気持ちにはなかなかなれないものだと思うのよ」

「そういうものなんですか？」

私はもう一度聞いてみた。先生はにこやかな表情のまま断言する。

「そういうものだと思うわ」

私には不倫の経験はないので、そういう気持ちはわからない。靖子先生には、そういう経験がおありなのだろうか？　結婚していた時に、そういう修羅場でもあったのだろうか？

それとも、誰か身近な人がそういう経験でもしているのだろうか？

ふとそんなことを考えたが、穏やかな靖子先生の表情からは何も窺《うかが》えなかった。

それからふた月ほどして、裕美さんが一人でレストランを訪ねてきた。ランチタイムの終わる頃で、裕美さんがランチを食べ終わった時には、お客さまは誰もいなかった。

「この前はいろいろありがとうございました」

裕美さんが私と靖子先生に頭を下げた。裕美さんはゆったりした服装をしている。やはり二人目の妊娠中だったそうで、つわりが一段落するまで待って訪れたのだ。

「いいえいえ、私たちは何もしてませんよ」

「いいえ、いいアドバイスをいただいて、ほんとに助かりました」

「それで、結局お客さまをご招待されたの？」

「ええ、先週の金曜日、北島さんと、ほかの同僚の方も二人。それで北島さんといろいろお話をして、すっかり親しくなりました」

裕美さんは憂いが晴れたようにすっきりした顔をしている。

「北島さん、いままであまり話したことなかったんですけど、ちゃんと話してみると親しみやすい方でした。そう、まるで春菊のような」

「春菊？」

「香りにクセがあって敬遠しがちだけど、慣れるとそれが気持ちいいというか。意外となんにでも合わせられるというか」

「なるほど」

思わず笑みが浮かんでくる。野菜にたとえるなんて、料理好きな人ならではだ。

「北島さん、美人なのに男らしいというか、はっきりした性格の方で、だから女性の友人より男性の友人の方が多いんですって。私とは真逆だから、かえって面白いそうです。それに、私の手料理のことを褒めてくださったんです。自分は料理は全然できないから、こんなにいろいろできるのはうらやましいって」

「あら、仕事ができる人は、その気になれば料理だってできると思うのだけど」

靖子先生が言う。家事でも料理でもちゃんとできる人は仕事もできる。その逆も然り、というのが靖子先生の持論なのだ。

「私もそう言ったんですけど、やる気がないんですって。それに、その必要もないから」

「必要がない？」

「北島さんがいっしょに住んでいるお相手は、二つ星レストランのオーナーシェフなんです。だから、料理はおまかせなんだそうです。『自分も、胃袋を掴まれている』っておっしゃってたわ」

　そう言って、裕美さんは晴れやかに笑った。なるほど、北島さんがライバルでないことがわかったので安心したのだ。よほど裕美さんは和之さんのことがお好きなんだろう、と私は少しうらやましく思った。私には、そこまで大事に想う相手はいない。

「ところで、和之さんのダイエットの方はいかが？」

「はい、先生のおっしゃったことをちゃんと守っていて、二キロ減りました。歩くのが習慣になって、中野で電車を降りて、新宿にある会社まで歩いて通っています。おかげで新宿のラッシュに遭わなくてすむようになった、と喜んでいます。会社でも、十五階にあるオフィスまで、階段を使って上ってるんですよ。最初は足ががくがくしたらしいんですけど、元が体育会系なので、それで逆にやる気になったみたいです。最近では、日に二度、三度、十五階まで往復しています。毎回時間も計って、今日は一分短縮した、とか言って喜んでいます」

「そう、それはよかったわ」

「ただ、私の方がつわりが終わって、食欲が増して。何を食べてもおいしいので、困っているんです。妊娠太りするんじゃないかと思って」

「だったら、妊娠中にいいメニューを考えましょうね」

「はい、よろしくお願いします」

「じゃあ、次の料理教室はそういうテーマでやったら、どうでしょうか？　特別編というか、たまにはそういうのもいいんじゃないでしょうか？」

私がそう言うと、靖子先生はぱっと笑顔になった。

「それはいいアイデアだわ。最近は若い主婦の生徒さんも増えてきたから、喜ばれそうですね」

「お孫さんのために受けたいという方もいるかもしれませんしね」

「じゃあ、さっそくそれで考えましょう」

私と先生がそう話していると、

「日にち教えてくださいね。私、絶対参加しますから。それに、母親学級でお会いした方たちにも宣伝します」

と、裕美さんも言う。次の料理教室は新しい参加者が増えそうだ。面白い会になるかもしれない、と私はわくわくする気持ちを抑えられなかった。

セロリは変わっていく

それはランチタイムが終わろうとする二時近くのことだった。クリスマスの翌日で、その日はとくに寒かった。店に残っているのは母子連れ一組だけである。

「おいしかったわ。評判通り、野菜が絶品でした」

ランチプレートを下げに行くと、母親の方が微笑みながら言う。

「ありがとうございます。どなたかに、この店を紹介されたのですか？」

「ええ。ママ友の間で『野川の近くに隠れ家レストランがある』って評判になってるんですよ。先週の土曜日もみんなでここに来て、ランチ会をしたそうです」

「ああ、あの方たちが……」

先週の土曜日、十人ほどの親子連れのグループがランチタイム開始直後に入店した。ランチの後はデザートを別に注文し、ランチタイムが終わるぎりぎりまでお店にいらしたので覚えている。

「先週は仕事が入っていたので、うちは来られなかったんです。それで、娘にせがまれて今日来てみました。隣の市なのでここは遠いと思っていたけど、自転車ならそんなに掛からないんですね」

「隣の市というとＦ市ですか？」

　この辺はＦ市との市境から近い。そちらからいらっしゃるお客さまも少なくない。

「ええ、そうです。自転車だと十分ちょっとでした」

　そういえば、先週は親子連れのグループが全員自転車だったので、自転車置き場がいっぱいになったのだった。そのあとから自転車で来られたお客さまには、店の裏手に置いてもらったっけ。

「Ｆ市までうちの評判が届いているのは光栄です」

　ネットや雑誌にはほとんど載っていない店なのだ。ほんとにおいしいと思った方が口コミで評判を広げてくださったのだろう。

「お子さまたちは喜んでくださったでしょうか？　ランチはメニューが決まっているので、ちょっと食べづらかったかもしれません。事前にわかっていたら、お子さま向けのメニューに変えることもできたのですが」

　大人のお客さまはたいてい残さず食べてくれるが、子どもはそうはいかない。先週のランチメニューには、子どもに不人気のキャロット・ラペとセロリのスープ煮が入っていた。ラペの方はそれでもだいたいの子が手を付けてくれたが、セロリの方は食べられない子が多かった。なかには野菜は嫌いだ、と言って、メインのひよこ豆のコロッケとライスしか食べない子もいたのだ。

「あら、そんなことないですよ。初めてうちの子が人参を全部食べたと喜んでいる方もいらっしゃったわ」

「そうでしたか。それならよかったです。あ、でもお客さまはきれいに食べてくださってますね」

母子ともお皿には何も残っていなかった。今日のメニューにも、人参やセロリもたくさん入っていたのだが。

「全部おいしかったよ」

小学校四年生くらいだろうか。母親は色白でおっとりした感じだが、娘の方は細くて浅黒い肌の、利発そうな子である。

「セロリも大丈夫でした?」

「うん、六花《ろっか》はセロリも好き」

六花というのが、女の子の名前だろう。

「この子は嫌いなものはないんですよ」

母親が目を細めて娘を見た。好き嫌いなく食べられる娘が誇らしいのだろう。

「それはいいですね。私は、子どもの頃はセロリが嫌いで食べられなかったんですよ。大人になったら、不思議と好きになりましたけど」

「そうなんですか」

「では、食後のドリンクをお持ちしますね」

その時、入口のチャイムが鳴ったので、私はドアの方を見た。そこには料理教室の常連の村田佐知子さんが立っていた。

「すみません、ランチタイム、今日はもう終わったところなんです」

「ああ、だったら、ちょうどいいわ。ちょっと出られない？　ほんの一瞬だけ」

村田さんは切羽詰まったような顔をしている。食堂のことをよく知っている村田さんがそう言うのだから、何か事情があるのだろう。

「ちょっとお待ちください」

香奈さんが、母子のためのセットドリンクを用意してくれていた。母親はホットコーヒーで、娘はリンゴジュースだ。それをテーブルに運び終わると、香奈さんに声を掛けた。

「ちょっと外すので、お客さまの方、よろしく」

そうして、村田さんと外に出た。

「ねえ、あれを見て」

村田さんが示したのは、食堂の門に繋がれた白と黒の小ぶりな犬だった。何があったのかわからない、というようなきょとんとした顔で座っている。犬は防寒のための赤い服を着ていた。胴体を覆うだけでなく青い生地で作った袖が付いている。凝った作りの上等そうな服だ。だが、首輪はなく、荷作り用のビニール紐が首に巻かれていて、その先が門扉に繋がれていた。

「えっ、犬？」

私はびっくりして犬の方に駆け寄った。

「捨て犬なんでしょうか？」

「そうみたいね」

「珍しい犬ですね。ブルドッグかな？」

犬はひしゃげたような愛嬌のある顔をしている。目の周りから耳にかけては黒く、顔から首、洋服からのぞく脚の先は白い。

「この白と黒の模様は、フレンチブルドッグだと思う。前にテレビで観たことがある」

犬は村田さんの声にこたえるように、きゅうんと鳴いた。寒いためか、少し震えているように見える。

「かわいい」

私は思わず犬のそばに腰をおろした。うちの実家にはずっと猫がいたので犬を飼ったことはないけれど、犬も嫌いではない。近くで見ると、首のビニールテープにメモ用紙を破いたような紙がセロテープで貼られているのがわかった。

『この犬あげます。かわいがってください』

子どもが書いたような乱暴な字だった。こんな紙切れ一枚で犬を放棄してしまうなんて。私は内心腹が立った。

「今日は寒いですし、このままにはしておけませんね。先生を呼んできます」

私は食堂に戻ると、キッチンの奥にいた靖子先生に話し掛けた。

「先生、たいへんです。いま、うちの門のところに捨て犬が」

「捨て犬？」

先生はちょっと首を傾げた。

「いまどき捨て犬なんてあるのね。仔犬なの？」

「たぶん、成犬だと思います。いま、村田さんがついてくれています」

「わかりました。あなたはお店の方、お願いね」

先生はそう言い残して外に出た。母子連れはドリンクを飲みながら、何事か話をしている。飲み終わるとすぐに立ち上がり、上着を着てレジの方に来た。お勘定をすませると、母親が私に尋ねた。

「あの、犬が捨てられているって聞こえたんですけど、ほんとですか？」

「はい。たぶんフレンチブルドッグだと思うんですけど、門に繋がれて置き去りにされていたんですよ」

「フレンチブルドッグ？」

「ええ、顔がクシャッとして、愛嬌のある」

「私、その犬、見たい」

娘の六花ちゃんが弾んだ声で言う。

「ちょうど、犬の話をしていたところだったんですよ。この子、動物好きなので」

「そうでしたか。お騒がせして申し訳ありません。ほんとに、たったいま捨てられているのを発見したところなので、つい慌ててしまいました」

「その犬、見せてもらってもいいですか？」

「はい、もちろんです。こちらです」

私はお客さまを案内して、店の外に出た。

門のところでは、先生と村田さん、それにもう一人、知らない中年の女性がいて何か話し込んでいる。

「わ、かわいい」

女の子は犬に駆け寄った。そして、頭を撫でようと手を出した。

「あ、ダメよ」

立っていた女性がそう言って止めようとした。

「知らない人がいきなり手を出すと、びっくりして嚙みつく仔もいるのよ」

しかし、女の子はそれを無視して頭を撫でた。犬はじっと女の子の顔をみつめ、されるがままになっている。

「いい仔ね。ほんと、かわいい」

女の子が撫でるのをやめると、もっと撫でてくれというように、犬は女の子の手をぺろぺろと舐め始めた。

「うわっ、くすぐったい」

女の子は犬のすぐ前に座り込んだ。すると、今度は犬が女の子の顔を舐め始めた。

「ふふ、やめて」

そう言いながら、女の子は嬉しそうに笑っている。

「この犬、やっぱり誰かに飼われていたんですね」

女性がつぶやくように言った。

「この方は？」

私が尋ねると、村田さんが答えた。

「保護犬を預かるボランティアをされている相模《さがみ》さん。近所に住んでいるから、来てもらったんです」

「はじめまして」

私が頭を下げると、相模さんもにこっと笑って頭を下げた。保護犬ボランティアの人と聞くとなにやら厳《いか》めしい感じがするが、ごくふつうの、やさしいおかあさん、といった感じの女性だった。

「犬が放置されている場合、迷い犬か捨て犬かでどうすればいいか、対応が変わってくるんです。迷い犬なら飼い主探しをやらなきゃいけないのですけど、これは手紙もあるし、捨て犬でしょうね。わざわざ首輪を外したっていうのは、首輪から飼い主が特定されるのを嫌がったからでしょうし」

「じゃあ、やっぱり飼い主がここを狙って捨てたってことですね」

「そうでしょうね。まだ若そうだし、人にもなついているいい仔なのに」

「なんでうちだったのでしょうか？」

私は不思議だった。この辺にはもっと広い家もある。住宅街の真ん中にあるこの店を選んだのには、何か意図が感じられる。

「庭も広いし、食堂をやってるくらいだから食べ物もあるだろう、とでも思ったんじゃないでしょうか」

村田さんが言う。それも確かに一理ある。残飯を食べさせてもらえるだろう、と思ったのかもしれない。

「昔はよく公園や河原で捨て犬を見ましたけど、最近では珍しいですね」

先生の言葉に、私もうなずく。この地域は河原も大きな公園もあるけど、犬や猫が捨てられているのを見たことはない。地域猫といって地元の人たちが見守りながら管理している猫はいるが、野良犬がうろうろしているのに遭遇したことはない。そんな犬がいたら、たちまち保健所に連絡が行って、保護されてしまうだろう。

「外に捨てるのは減ってるかもしれませんけど、うちのような団体に預ける人は増えているんですよ。もう飽きたとか、旅行に行けないとか、病気になったとか、そんな身勝手な理由で手放す人もいるんです。命をなんだと思っているんでしょう。この犬もペットショップで買った時はそれなりのお値段だったはずなのに、こんな手紙一枚であっさり手放してしまうんですからね」

相模さんは腹立たしげだ。そういう飼い主の身勝手のつけが、相模さんのような善意のボランティアに回ってくるのだから、腹を立てるのも無理はない。

「それで、この犬はどうなさるんですか？」

犬の運命が気になるのか、お客さまが尋ねた。

「下河辺さん、飼う気はありますか？」

相模さんが先生に尋ねた。先生は困ったような顔で言う。

「私の場合、年齢的にどうかしら。いまは元気だけど、五年後には犬を散歩に連れていけるとは限らないし。犬は好きだけど、最期まで面倒みられる自信がないなら、飼っちゃいけないと思いますし」

この犬の年齢はわからないが、まだ子どもならあと十年以上は生きることになる。六十歳を過ぎた先生が躊躇《ちゅうちょ》されるのも当然だろう。

「下河辺さんのところで飼えないのでしたら、うちで引き取るしかないですね」

相模さんの憂鬱そうな声が気になったのか、先生が尋ねた。

「どうかされたのですか？」

「もともとうちでは犬を二匹預かっているんですが、昨日また一匹来たところなんですよ。繁殖用にブリーダーに飼われていたチワワなんですけど、用済みになって捨てられた仔なんです。ずっと檻に閉じ込められて、散歩もしてなかったみたい。そういう仔はこころが傷ついているので、手が掛かるんですよ。そこにまた一匹というのは、ちょっとしんどいなあ、と思って」

ボランティアで四匹もの犬の面倒をみるのは、やっぱりたいへんだろう、と私も思う。うちのアパートがペット可なら、私が預かりたいところだけど。

「この仔は譲渡会に出せばすぐに貰い手がみつかりそうだから、短期間で済むとは思うんですが。それでも最低三か月は面倒みることになるだろうし」

「それくらいなら、うちで預かりますよ。うちに捨てられていた犬ですから、それくらいのお手伝いならさせてください」

先生がそう申し出ると、相模さんはほっとした顔をした。

「そうしていただけると助かります」

「じゃあ、しばらくこの犬はここにいるの？」

女の子が聞く。犬はすっかり気を許して、女の子におなかを撫でられている。

「ええ、譲渡会で新しい飼い主が決まるまではね」

「譲渡会ってなに？」

「保護犬と、犬を飼いたいという人をマッチングさせる会です。マッチングってわかるかな。つまり、犬を飼いたい人に保護犬を紹介するってことよ。人と犬とのお見合いみたいなものね。この犬は人懐っこいし、犬種も人気があるから、たぶんすぐに貰い手は現れると思います」

「ずっとここにいればいいのに。そうしたら、六花がいつでも遊びに来られるのに」

「うちにこの仔がいる間は、いつでも来ていいですよ。なんなら、いっしょにお散歩しますか？」

先生の言葉を聞いて、六花ちゃんの顔がぱっと明るくなった。

「えっ、いいの？　ほんとに？」

「いいですよ。うちにいる間は毎日朝晩、川沿いの公園を散歩させますから、あなたが来られる日にはごいっしょしましょう」

「わあ、ありがとう」

「それで、この仔名前はどうしましょうか？　正式な飼い主が決まったら、ちゃんと名前を付けるにしても、当分ここにいるなら、呼び名を考えないと」

ふと思いついて、私が言った。先生は首を傾げて言う。

「そうねえ。あんまりそういうのは得意じゃないから、あなたたち、考えてくれるかしら」

「この仔、男の子でしたっけ。女の子？」

私が言うと、相模さんが犬の身体を調べた。

「女の子のようです」

「だったら、ナナ。菜の花の菜々」

間髪を容《い》れず、六花ちゃんが大声で言った。

「そうねえ、それでもいいかしらね」

執着がないのか、先生はなんでもいい、という感じだ。結局代案が出なかったので、菜々という仮名に決まった。

「じゃあ、そろそろ帰りましょう。今日はこれから映画を観に行くんでしょ？」

お母さんがそう言って娘をせっついた。

「お散歩は？」

「散歩は明日からでもいいじゃない」

「明日の朝、七時に来てくれればいっしょに行けますよ」

先生が言うと、

「明日、必ず来ます！」

と、六花ちゃんは元気よく答えた。

「じゃあ、待ってますね」

「ほんとにお邪魔しても大丈夫でしょうか？　ご迷惑じゃないですか？」

六花ちゃんの母親が心配そうに先生に聞く。

「迷惑どころか、大歓迎ですよ。私だけじゃ犬の運動につきあいきれるかどうかわからないですし、この仔はまだ若いようだから、遊んでくれる人がいると喜びますよ」

「そうですか？　じゃあ、よろしくお願いします」

「菜々ちゃん、バイバイ」

そうして六花ちゃんとその母親は家に帰っていった。名残惜しそうに振り向きながら歩く六花ちゃんの背中に、菜々はくうんと寂しげな声を送った。

「じゃあ、警察に届けたり、獣医に連れていくのは、うちでやりますね」

相模さんが言う。

「警察や獣医ってどういうことですか？」

先生が尋ねる。

「捨て犬は落とし物と同じ扱いになるんですよ。だから、一応拾ったと届けを出しておかないと。もしかすると、盗んだ犬の始末に困って捨てた、ということもないとは言えませんし。獣医に連れていくのは、病気を持っている可能性もあるし、ダニやノミがついているかもしれないから、調べてもらうんです」

「あら、それならうちでやっておきますよ。相模さんもお忙しそうだし、もし病気があったとしたら、預かる私が知っていなきゃいけないし」

「そうですね。だったら、そうしていただけますか？」

相模さんは言う。

「警察に届けるのは早い方がいいですよね。今日は時間があるので、このあと私がこの仔を連れて交番に行ってきます」

私がそう申し出た。

「それはありがたいわ。じゃあ、そちらについては優希さんにおまかせしますね」

「じゃあ、私はうちに戻って、リードやケージなど、当座必要なものをお持ちしますね」

そう言い残して、相模さんと村田さんは連れ立って帰っていった。

「私たちも、戻りましょう。今日は寒いわ」

そうして先生と私は犬を連れて、食堂に入った。

「まあ、かわいい」

洗い物をしていた香奈さんが手を止めて、カウンターの中から出てきた。私は香奈さんに経緯を簡単に説明した。

「じゃあ、しばらくうちで飼うんですね。嬉しい」

香奈さんはいとおしそうに犬を撫でている。

「あとで相模さんが当座必要な用具を持ってきてくださるそうなので、そうしたらリビングの方に連れて行きます。食堂に置いておくわけにはいかないですからね」

「あら、裏に連れて行っちゃうんですか、残念」

「でも、食堂の中に犬は置けないでしょう。犬の毛や臭いは料理の邪魔だし、なかにはアレルギーのお客さまもいらっしゃるかもしれないし」

「言われてみればそうですね。じゃあ、やっぱり一時的に預かるだけ、ということになるのでしょうか」

香奈さんは言うが、私はやり方次第ではできないこともない、と思う。営業中はお店の外のポーチのところに繋いでおけば、邪魔にはならない。犬好きの人が喜ぶかもしれない。フレンチブルドッグはちょっと珍しい犬だから、人気者になりそうだ。

「ええ、そういうこと。うちでも昔犬を飼っていたことがあるから、だいたいのところはわかるけど、犬のお世話、おふたりにも手伝ってもらえると嬉しいわ」

先生は私たちに言う。

「もちろんです」

私が言うと、香奈さんも続ける。

「お散歩はまかせてください。子どもの頃にはチワワをうちで飼っていたので、散歩は慣れています」

「あ、散歩は私もお手伝いします。運動にもなるし、ちょうどいいですから」

「ふたりがそう言ってくれると助かるわ。毎日ひとりで朝晩のお散歩をするのはしんどいですから」

先生はそう言って微笑んだ。

「それにしても、六花ちゃん、自分で飼いたいとは言いませんでしたね」

ふと、私は思った。あれくらいの年の子なら、どうしても犬を飼いたいと言って親を困らせたりするものだが。

「アパートやマンションはペット禁止のところもありますしね。家族にアレルギーがあると飼えないし。何か事情があるのでしょう」

「じゃあ、散歩に来たら、たくさん遊ばせてあげましょう」

あの子はほんとうに菜々を気に入っていたようだった。短い期間でも、犬とのふれあいを楽しんでくれるといいな、と私は思っていた。

その夕方、駅前の交番に菜々を連れて出掛けた。

「そうですか。じゃあ、しばらくはそちらで預かると」

おまわりさんは私より少し年上くらいで、愛想よく笑顔を浮かべていた。犬が好きなのか、首の周りを両手でやさしく撫でている。

「はい。うちの方で新しい飼い主がみつかるまでは面倒をみます。もし、みつからなければうちで飼うことになるかもしれませんが」

後半は私の願望だ。先生の気が変わって、菜々をずっと飼ってくれるといい、と思っていた。

「捨て犬は一応三か月は落とし物扱いになります。その期間にもとの飼い主が現れたら、そちらに引き渡すことになります。なので、その間はそちらで責任を持って管理してください。新しい飼い主がみつかったとしても、引き渡すのはそのあとにしてくださいね。……まあ、捨て犬とはっきりしているので、名乗り出ることはないでしょうけど」

「私もそう思います」

「ともあれ、書類を作りましょう。犬種はなんですか？　これはブルドッグかな？」

「ええ、フレンチブルドッグというんだそうです」

「年齢はどれくらい？　病気とか怪我をしていたりしませんか？」

「さあ、捨て犬なので年齢はなんとも。見かけは健康そうですが」

病気については獣医に連れていかないとわからないが、年齢はそんなにいっていないんじゃないか、という気がする。

「毛並みもきれいだし、まだ若そうですね。二、三歳かな？」

「おまわりさんも、犬がお好きなんですか？」

「ええ、うちでも一匹飼っています。フレンチブルドッグなんて高そうな犬はとても手が出ないので、ミックスなんですけどね」

ミックス、つまり雑種のことだ。

「かわいさでは、うちのミックスだってこの仔に負けないですけどね」

「それはそうでしょうね」

どんな飼い主だって、自分の犬がいちばんかわいいと思っているのだろう。高級な犬種だからいいとは限らない。

「とにかく、いい人に拾われてよかった。この仔はラッキーだ。なんとかしてください、と交番に捨て犬が持ち込まれることもあるんですが、うちじゃ規則で一日しか預かれないですから」

「一日預かって、どうするんですか？」

「その間に飼い主が名乗り出なかったら、保健所に送られることになります。そうなるとねえ……」

その先は想像がついた。保健所に送られたら、ほとんどの犬は期間内に引き取り手がないと殺処分されてしまうのだろう。保護団体が引き受けられる数にも限りがある。

「ともかく、何かあったら連絡します。捨てられた仔は怯えていると思うので、大事にしてやってくださいね」

おまわりさんのやさしい言葉が嬉しくて、私は「はい」と大きな声で返事した。


そうして、菜の花食堂に犬のいる生活が始まった。先生は犬を飼っていたこともあるので犬の扱いには慣れていらしたが、そうでなくても菜々はとても飼いやすい犬だった。噛みついたり、無駄に吠えることもないし、家具にいたずらすることもない。すぐに私も香奈さんも菜々に夢中になった。散歩も、朝晩交代で連れて行くことにした。

「あらあら、それでは私はやることがないわね」

先生は笑って言う。

「先生は夜ずっと菜々と一緒じゃないですか。散歩くらい私たちにさせてください」

私と香奈さんは、そう頼み込んだ。

この辺りは犬の散歩には絶好の環境だ。店から歩いて五分もすると、野川がある。その両脇は公園として整備されている。何キロも遊歩道が続いてるし、原っぱのような芝生の広場や小高い丘のようなところもある。ちょっとした林のように木々が植えられている場所もあって、景色は変化に富んでいる。犬を飼いたいために、こちらに越してきたという人もいるくらいだ。寒い時期だが、空気が澄んでいて遠くの景色もよく見える。天気のいい日の早朝は小高い場所から富士山が見えることを発見して、テンションが上がった。

菜々は散歩にも慣れていて、ひどく引っ張ったり、立ち止まって動かないようなことはない。リードを持つ人の歩調に合わせてゆっくりと進んだ。ほかの犬に会っても吠え掛かったり、飛び掛かったりすることもない。せいぜい匂いを嗅ぐくらいで、とても友好的だ。

「こんにちは」

犬を連れた人とは、自然に目が合い、挨拶を交わす。犬を飼っているというだけで、なんとなく同志のような気持ちになってくる。そういう関係性も、犬を飼ったことのない私には新鮮だった。

六花ちゃんは毎日朝夕の散歩についてきた。時々習い事などがあって、夕方は来られないこともあったが、そんな時は夜におかあさんに付き添ってもらって、わざわざ店まで菜々の様子を見に来ていた。自分が名前をつけたこともあってか、菜々に特別な思い入れがあるようだ。私たちも六花ちゃんがいる状況に慣れてきて、六花ちゃんにリードを持たせ、好きに散歩させたりした。原っぱにつくと、六花ちゃんはボールや木の棒を投げて、菜々に取りに行かせた。いっしょにじゃれているのを見ると、とても仲がよさそうで、六花ちゃんが菜々のほんものの飼い主のように見えた。

トイレは外派の菜々は、うんちもおしっこも散歩の時にする。最初の日は、犬のうんち専用のパックを使って私がうんちの始末をした。その翌日にうんちをした時は、

「私がやる」

六花ちゃんが宣言した。うんちの臭いに顔を顰《しか》めながらも、パックの中にちゃんと拾い上げた。

「えらい、ちゃんと始末したね」

「うん。これからは私が全部やる」

六花ちゃんは神妙な顔で宣言した。

「だって、菜々の面倒をみるなら、うんちの始末もできなきゃいけないんでしょう?」

その健気さに、私は胸を衝かれた。犬好きの子どもでも、うんちの始末をちゃんとやれる子は少ない、と先生は言っていた。先生の子どもたちも飼ってた犬をかわいがっていたが、うんちの始末だけはやりたがらなかったそうだ。六花ちゃんの家は母一人子一人らしいから、ふつうの子よりしっかりしているのだろうか。

「あの子、本気で菜々を飼いたいみたいね」

食堂のランチの準備をしながら、私は香奈さんと話をしていた。菜々を食堂の中に入れるわけにはいかないので、昼間は靖子先生の居住するリビングの方にいた。

「そうね。一時的なものかと思っていたけど、日ごとに愛情が深まる、という感じね」

今朝は犬用のおもちゃを菜々に持ってきてくれた。咥《くわ》えるとミュウと音がする人形だ。ほかの犬が使っているのを見て、菜々にも遊ばせたい、と、お小遣いで買ってきたのだ。

「寒い日でもちゃんと来るし、ほんとに菜々のことが好きなのね」

「六花ちゃんのうちは母子家庭なんですって。それで、四年生になって学童保育もないから、家でひとりで留守番してるのが嫌なんだ、と言っていたわ」

「ああ、そういうことだったのね。だったら、なおのこと六花ちゃんの家で犬を飼えるといいのにね」

「そうね。だけど、六花ちゃんのマンションはペット禁止だから飼えないらしい。だから、菜々がずっとここに居てくれるといいのに、って言っていた」

「ほんと、先生が正式に飼ってくださるといいのに」

警察で言われたので、三か月は面倒をみるつもりらしいが、その後どうするとは先生はおっしゃらない。あまり犬をかわいがっている様子もないので、三か月経ったら手放すつもりなのだろう。ここで飼ってほしいけれど、先生の決めることに私たちが口出しするわけにはいかない。命を預かることなので、慎重になられるのも仕方ないことだ。

そうして、あっという間に時間は過ぎ、冬から春へと季節は変わった。三月も終わり近くに差し掛かっていた。その日は土曜日だったが、また冬に逆戻りしたように寒く、空がどんよりと重く曇っていた。夕方には季節はずれの雪が降る、という予報が出ている。そのせいかランチタイムのお客さまも少なく、早めに店じまいしようとしていると、からんころんとドアベルが来客を告げた。

「いらっしゃいませ。……あ、六花ちゃん」

六花ちゃんとその母親が入口のところに立っていた。

「いつも娘がお世話になっております。あの、ランチではなく、ちょっと用があって。こちらのオーナーの方はいらっしゃいますか？」

「はい、ちょっとお待ちください」

私は奥にいる靖子先生を呼びにいった。

「はい、なんでしょうか？」

「あの、ちょっとこちらで預かっていらっしゃる犬のことでご相談が」

「ああ、菜々のことですね」

「菜々は三か月だけこちらにいると伺っていたのですが、その後はどうなさるか、お決めになったのでしょうか？」

「いえ、まだ何も」

「でしたら、うちで引き取らせてもらえないでしょうか」

突然の申し出だったが、私は驚かなかった。六花ちゃんの犬への愛情を見ていたら、そうなるのが当然だと思う。先生も同じように思っていたのか、あまり驚いてはいなかった。

「そちらのおたくでは犬は飼えないのだと六花ちゃんから伺っていたのですが、大丈夫なのでしょうか？」

「はい。実はこの春から母と同居することにしまして……母も年なのでひとりで置いておくのも心配ですし。実家はH市の方にあるので、いまより不便になりますが、広さだけは十分あります」

「H市だとすると、ちょっと遠くなりますね」

「ええ。この子も転校することになるので、どうしようかずっと悩んでいたのですが、菜々といっしょなら引っ越ししてもいい、と言うものですから」

横で六花ちゃんが思いつめたような顔で立っている。転校というのは六花ちゃんにとっても大きな転機だ。だけど、菜々という友だちがいるなら、やっていけると思ったのだろう。

「そうでしたか。そういうご事情なら。六花ちゃんはよく菜々の面倒をみてくれていますし、菜々もなついていますし。おたくで飼ってくださるなら、それがいちばんですね」

「ありがとうございます」

「よかったね」

　私が六花ちゃんに話し掛けると、「うん」と、ほっとしたような返事が返ってきた。菜々がかわいいのは私も同じだが、六花ちゃんの熱意を見ていたので、それがいちばんだと思う。

「あ、でも、菜々をお渡しするのはもうちょっと待っていただけますか？　まだ警察と連絡が取れていないので」

「警察？」

「犬を捨てた人が名乗り出るかもしれないので、三か月は誰にもお渡しできないんですよ。でも、もう期限なので、今日にも連絡を取ろうと思うのですが」

　先生の会話を聞いて、そうだった、と私も思い出した。確かクリスマスの翌日、十二月二十六日に届けたから、昨日で三か月目。警察に届けを出せば、犬の引き渡しは可能だ。

「それで大丈夫です。うちも、引っ越しは今月の末日で、いまはバタバタしているので、それが終わるまではここに犬を置いてくださると助かります。引っ越し当日の朝、迎えに来たいのですが」

「それはかまいませんよ。私たちも、すぐにお渡しするのは寂しいですし。菜々もここからまっすぐ新しい家に行った方が、混乱しないでしょうし」

「ありがとうございます」

「じゃあ、いいの？　菜々はほんとうにうちの子になるんだね」

六花ちゃんは泣きそうな顔をしている。

「これからも、うんとかわいがってあげてね。だけどお引っ越しまではここにいるから、いっしょに散歩させて」

「もちろん！」

私の言葉に、六花ちゃんは大きくうなずいた。菜々に会えなくなるのは寂しいが、六花ちゃんの家で飼われるなら、菜々はきっと幸せになるだろう。

「今日は雪になるというから、早めに散歩に行った方がいいね。三十分ほど経ったら私も出られるから、その頃また来てくれる？」

私がそう六花ちゃんに声を掛けた。

「だったら、菜々と遊んで待っている」

「そう。じゃあ、急いで片付けして、出掛ける支度するね」

そして、私と六花ちゃんはいっしょに散歩に行くことになった。いつもは野川沿いの公園の中の原っぱの辺りで遊ばせるのだが、この日はルートを変えて上流の方へと歩いて行く。こうして散歩するのも、あと数回かと思うと、名残惜しい。

「もうじきこの辺にも来られなくなるから、たくさん見ておこうね」

六花ちゃんが菜々に話し掛けている。菜々もわかったような顔で六花ちゃんを見上げている。菜々は拾った時に身に着けていた、青い袖のついた赤い服を着ていた。寒さに強い犬種ではないので、そのまま着せておいた方がいい、と相模さんに忠告されたのだ。赤い服は似合っているが、ずっと着た切り雀だから、お別れの時に新しい服をプレゼントしよう、と私は思っていた。

「今日は雪が降るというから、早めに切り上げようね」

「ううん、六花は平気」

そうして、六花ちゃんは菜々と走り出した。小学生の脚力は強い。どんどん先に駆けて行く。

「待って」

一生懸命追いかけるが、距離は広がるばかりだ。だが、ふいに前を走っていた六花ちゃんが立ち止まった。同じ年頃の女の子三人に話し掛けられているようだ。

友だちかな？

そう思ったが、それにしては相手の子たちの表情が厳しい。六花ちゃんを取り囲んで、何か文句を言っているようだ。近づくにつれて、女の子たちの言葉がはっきり聞き取れるようになった。

「だって、六花が連れているなんておかしいじゃない」

「そうよ。あんたんちじゃ、犬なんか飼えないでしょう?」

どうやら菜々のことが口論のタネになっているらしい。

「この仔が結月《ゆづき》ちゃんちの犬だってことは、みんな知ってるんだからね」

結月ちゃんちの犬? どういうことだろう。

「ねえ、結月ちゃん、そうでしょう? なんか言ってやったら?」

ほかの子に促されて、結月と呼ばれた子が六花ちゃんの前に立った。背の高い、勝気そうな顔をした女の子だ。

ふと、この子をどこかで見たことがある気がした。どこだろう?

「この犬、うちのエリカだわ。あんたが連れてったの?」

ぶっきらぼうなしゃべり方だった。なんとなく周りに促されて仕方なく言った、というようにも見える。

「あんたが、結月ちゃんちから盗んだんでしょ」

そばにいた子が六花ちゃんの肩を強く押した。ふいをつかれて、六花ちゃんがよろめいた。ほうっておけないので、後ろから声を掛けた。

「どうしたの？」

女の子たちが一斉にこちらを向いた。だが、結月という子が言い返した。

「おばさんには関係ない」

おばさん、と言われたのはショックだった。小学生から見ればそうなのかもしれないが、まだ私は二十代なのだ。感じの悪い子だ、と思った。なので、ついきつい調子で言い返した。

「私はこの子たちといっしょに散歩していたのよ。犬はうちのお店で預かっているの。六花ちゃんが盗んだなんて、言いがかりよ」

「言いがかりって言ったって、この犬、ほんとにうちのエリカだもん」

「そうよ。三か月前にいなくなって、結月ちゃんが一生懸命捜していたのよ。六花だってそれは知ってるはず」

「結月ちゃんがクラスのみんなの前で言ってたんだもん、知らないはずないよね」

私は思わず六花ちゃんの顔を見た。六花ちゃんは困ったような顔をしている。

まさか、六花ちゃんは前からこの犬のことを知っていた？　犬の失踪に関わっていたというの？

ふと浮かんだ疑惑を打ち消したくて、私は結月という子に聞いた。

「ほんとに？　あなたが飼ってたって証拠はあるの？」

「あるわ」

その子は自信ありげにきっぱり言う。

「似ている犬ってことはないの？」

「だって、その服、特別に注文して作ってもらったやつだもの。写真だってある」

その子は持っていたスマートフォンを出し、ページを開いてこちらに示した。そこには確かに同じ赤い服を着た菜々がいた。


食堂には六花ちゃんとその母親、そして六花ちゃんをなじった結月という女の子、それに先生がいる。菜々は、いやエリカが正しい名前かもしれないが、怯えたように六花ちゃんの腕にぴったりと身体を寄せている。みな沈黙したままだ。

その沈黙を破るように、ドアベルを鳴らしてお客さまが入ってきた。

「ごめんください」

入ってきたのは、四十代とおぼしきカップルだ。

「おとうさん、おかあさん」

結月ちゃんがふたりに駆け寄った。両親を呼ぶように、と先生が結月ちゃんに伝えたのだ。

「電話もらってびっくりしたわ。ちょうど買い物に行こうとしていたのよ」

母親はやさしそうな人だが、横にいる父親は眉が太くて、目がぎょろりと大きい。こわもてでちょっと厳しそうだ。結月ちゃんの母親は六花ちゃんの母親を見て、はっとしたような顔で一礼した。六花ちゃんの母親も軽く頭を下げる。六花ちゃんと結月ちゃんはクラスメイトだそうなので、父母会などで会ったことがあるのだろう。

「場所はすぐわかりましたか？」

私は結月ちゃんの母親に聞いてみた。ここは住宅街の真ん中なので、初めての人にはわかりにくい。

「ええ。実は一度来たことがあるんです。去年のクリスマスの前に、ここで結月のクラスの友だちとその親たちで食事会をしたんですよ」

結月ちゃんに見覚えがあった理由がわかった。親子連れのグループでやってきた時、野菜を全然食べなかった子だ。セロリのスープ煮にもキャロット・ラペにもまったく手を付けなかったのだ。

「うちの犬がみつかったそうですね」

父親の方が部屋の中を見回す。六花ちゃんのそばにいる菜々をみつけると、近寄って行った。

「おお、おまえ元気そうだな。よかったな」

菜々は頭を撫でられながら、尻尾を少し振った。ほんとうに嬉しい時は、もっと激しく振るので、お愛想程度の喜び方だ、と私は思った。

「ずっと捜していたんです。お世話になりました。すぐに連れて帰ります」

「いえ、その前に少し確認したいことがございまして」

先生は落ち着いた声で言う。

「はあ、なんでしょう」

父親が怪訝そうな顔をする。

「まあ、そこに座ってください。うちもこの犬を三か月預かっていますから、それなりに情もありますし、いなくなった時の状況をはっきりさせたいんです」

「状況とは？」

「実はこの犬、うちの前に捨てられていたんです。手紙もありました。なので、新しい飼い主も決まっていたんです。こちらの六花ちゃんのおたくにお譲りすることを決めていました」

「なんと……」

「警察に届けましたが、捨て犬は遺失物扱いで、三か月はもとの持ち主のものだと言われました。でも、結局、飼い主だという人は現れませんでしたから」

「うちも警察には届けたんです。なんで、連絡がいかなかったんだろう？」

「それが謎ですね。そして、実は昨日三月二十五日が、ちょうど三か月目なんです」

「そんなのはおかしい。この犬は確かにうちの犬なんだ」

「ええ。法律ではそうなっている、ということです。ですがまだ警察には連絡していませんし、こうして飼い主が現れた以上、ちゃんと検討すべきでしょうね。もしかしたら、捨て犬に見せかけた盗難かもしれませんし、六花ちゃんと結月ちゃんがクラスメイトというのであればなおさらはっきりさせた方がいいでしょう。なので、そちらがこの仔を見失った時の状況を確認したいんです」

「わかりました。結月、いなくなった時のことを説明しなさい」

命令口調だ。いまどきの父親にしては、子どもへの接し方が堅苦しい。

「去年のクリスマスの翌日、家の近くを散歩していたら、急に車がパンクするような大きな音がしました。それで、エリカがびっくりして走り出しました。突然だったのでリードが外れて、一生懸命追いかけたけど、追いつけなくて、そのまま見失いました」

結月ちゃんはすらすらと何かを暗唱するように言った。

「その後、警察にも届けたし、貼り紙もして捜していたんです」

「クリスマスの翌日なら、うちがこの犬をみつけたのは同じ日の午後になりますね。うちの門のところでした。首輪もなく、『この犬あげます。かわいがってください』と書いた手紙が付いていました。だから、捨て犬だと思って保護しました」

先生が簡潔に状況を説明する。

「そちらはF市にお住まいですね。ここまでは歩くと二十分くらい？」

「いえ、うちからだと三十分以上掛かります。今日は車で来て、近くの駐車場に停めていますから、そんなには掛かりませんでしたが」

父親が答える。

「その距離を犬が勝手に歩いてきて、自分で手紙を書いたとは思えませんから、その間に誰かがこの犬を拾って、ここまで連れてきて捨てた……と言うのもあまり説得力がないですね。犬を拾ったんなら警察に届ければいいだけですし、わざわざ手紙を付けてうちの前に捨てるというのがわからない」

先生の話を聞いて、それまで冷静だった結月ちゃんがヒステリックな声で言った。

「だから、その子が犬をみつけて食堂の前に捨てたのよ。その子、私のことが嫌いだから、いやがらせをしたんだわ。そうじゃなかったら、エリカを自分のものにしたくて小細工をしたんじゃないの？」

「結月、失礼なことを言うんじゃない」

父親が叱りつけた。しつけには厳しそうな父親だ。

「それは違うと思います。犬がみつかった時、たまたまうちはこちらの食堂に来ていましたが、店に入る前には犬はいませんでした。私たちが食べている間に、誰かが門のところに犬を捨てたんです」

六花ちゃんの母親が冷静に説明すると、結月ちゃんが反論した。

「そんなの、いくらでもごまかせる。誰か友だちに頼んで、自分が食べている間に、食堂の前にビニール紐で繋いでもらったんでしょう。そうやって自分のアリバイを作ったんだ」

「確かにできないことではないけど、証拠もないのに、むやみに友だちを疑うのはよくありませんよ」

先生もやんわりと注意する。

「だけど、うちのエリカがいなくなったことは、みんな知ってるよ。クラスの子に話したから。迷い犬をみつけたんなら、なんで私に言わないの？　黙っていたというのは、この仔を自分のものにしたかったからじゃないの？」

悔しいが、結月ちゃんの言葉は説得力があった。いなくなった犬と捨てられた犬。それが同じ日に起こった出来事であれば、ふつうは結びつけて考えるだろう。そして、その両方を六花ちゃんは知っていたのだ。

みんなの視線が六花ちゃんに集中した。

「だって、冬休みだったから、結月ちゃんの犬がいなくなったなんて知らなかったもん。私が知ったのは新学期になってからだったし、いなくなった犬はボストンテリアとか言ってなかった？　日本にはあまりいない高級な犬なんでしょう？　この仔はフレンチブルドッグだし、違うと思ったんだもん」

六花ちゃんは泣きそうな顔だ。確かに、結月ちゃんとは仲がいいわけではなさそうなので、そうした情報もすぐには入ってこなかったのかもしれない。

「ふん、これだからもう。この仔はフレンチブルドッグじゃなくてボストンテリア。犬種の違いもわからないんだから」

結月ちゃんは勝ち誇ったように言う。

「ボストンテリアとフレンチブルドッグは外見は似ているけど、顔が違うの。ボストンテリアの方が、鼻が出ていてかわいいのよ。筋肉質で足も長くてかっこいいし。フレンチブルドッグは寸胴で短足なんだから」

「ああ、それでわかりました。うちもそちらも警察に届けたというのに、なぜ照合されなかったか。うちが犬種を間違って報告していたからなんですね」

先生が納得した、という顔で言う。結月の父親が補足する。

「警察の管区も違ったかもしれません。うちはF市に住んでいるので、そちらに届けましたが、ここはK市だから、そちらに届けられたんですよね」

「ええ、もちろん」

「だったら、犬がみつからなかったのはそちらの責任ということになりませんか。期限が過ぎてしまったのもそちらのせいになりますね。やっぱり犬はうちで連れて帰らせてください」

「いえ、もうひとつ。連れて帰っても、ちゃんと面倒みてくださるかどうか、はっきりさせたいんです」

「というと？」

父親が首を傾げた。先生はそれにかまわず、結月ちゃんの方を見た。そして、やさしい声で尋ねた。

「この犬を捨てたのはどうしてなのかしら。結月ちゃん、ほんとは犬の世話が嫌になったんじゃないの？」

結月ちゃんの目が大きく見開かれた。図星をつかれた、という感じだ。しかし、結月ちゃんは認めなかった。

「そんなことない！　なんの証拠があって、そんなでたらめを言うの？」

「さっき私が犬をみつけた時の話をしました。その時、門のところでみつけた、とは言ったけど、ビニール紐で繋がれていた、とは言わなかった。なぜあなたがそれを知ってるのかしら？」

先生の言葉を聞いて、みんなはっとして結月ちゃんの方を見た。確かに、結月ちゃんは『ビニール紐で繋いで』いたことを知っていた。父親が娘をにらみつける。

「おまえ、まさか自分で捨てたのか？」

「違う、違う！」

結月ちゃんは頭を激しく左右に振った。先生が諭すように言う。

「ほんとうのことを言った方がいいわ。正直、犬の面倒をみるのがつらかったんじゃないの？　おとうさんの言う通りにしてこのままこの仔を連れて帰ったら、また朝晩散歩に連れて行かなきゃいけなくなるのよ。それでもいいの？」

するると、結月ちゃんはわっと泣き出した。

「それは嫌。もう、犬なんかいらない。その仔いたずらばかりするんだもの。私の大事な人形をぼろぼろにするし、和室の襖《ふすま》をびりびりに破くし。そのたびに私が怒られるんだもん」

「うちでは昼間ケージから出していますけど、そういうことは一度もありませんよ。ちゃんと朝晩十分に散歩をさせていたら、犬は満足して、いたずらもやらないものなのよ」

「結月、おまえちゃんとエリカを散歩に連れて行ってたんじゃないのか？　自分ではそう言ってただろ？」

父親は責めるような口調だ。

「だって、友だちと遊んでいたら散歩できない日もあるし、冬の朝は寒くてつらいし」

「それは飼う前にちゃんと話したじゃないか。犬を毎日散歩させるのはたいへんだ、って。おまえそれでも飼うと言い張ったのに」

結月ちゃんはそれには答えず、ぽろぽろと涙をこぼしている。

「ほんとにしょうがないな」

父親は吐き捨てるように言った。

「犬を飼う時、結月は自分で面倒をみる、と約束したんです。それで飼うことにしたのに、面倒になって捨てるなんて許しがたい。おまけに、嘘をついて友だちに濡れ衣を着せるなんて」

やはり厳しい父親のようだ。責められた結月ちゃんは怯えたように小さくなっている。私は結月ちゃんがかわいそうになった。あれじゃ、言いたいことも言えないだろう。

「結月ちゃんが犬を捨てた時期は冬休みに入ってすぐでしたね。もしかしたら、何か犬のために冬の計画を取りやめるようなことがあったんじゃないですか？」

先生が聞くと、父親は首を傾げたが、母親が説明した。

「ええ、確かに。例年我が家では冬休みに一週間ほど旅行をすることにしていました。だけど、今年はエリカがいるから家を長くはあけられない。たまには家で過ごそうということになったんです。結月は旅行を楽しみにしていたので、すごくがっかりしたみたいで」

「だって、それは犬を飼ってるんだから、仕方ないだろ。そんなこと、最初にわかっていたはずだ」

父親は相変わらず強い口調だ。先生がやんわりとたしなめる。

「そんなふうに叱られるのがわかっていたから、結月ちゃんは言い出せなかったんでしょうね。犬を飼うのがつらい、ということを。そうして、言えない分ストレスがたまるし、かわいいと思っていた犬も憎らしくなる。そうなると、ますます世話をするのが苦痛になる」

「しかし……」

「あまり結月ちゃんを責めないでください。犬を飼うっていうことは、大人でもたいへんなことです。命を預かるってことですから。だけど、そのたいへんさに勝る喜びがあるから、世話をすることができるんです。結月ちゃんだって、最初は張り切って、ちゃんとやるつもりだったのでしょう。エリカをかわいいと思っていたでしょうし。だけど、やってみたら思った以上にたいへんだった。子どもだから、見通しが甘かったんでしょうね。それを責められるでしょうか？　大人には責任がないと？」

「それは……」

「いちばん残念なのは、世話をするのが苦痛で、結月ちゃんがエリカをかわいいと思えなくなったことですね。楽しみにしていたことも、犬のために犠牲にしなきゃいけない。こんなことがずっと続くのは耐えられない、そう思ってしまったら、犬を捨てるか殺すしかなくなってしまう。そこまで子どもに思いつめさせたのだとしたら、周りの大人の責任です。なぜちゃんとサポートしてあげなかったのですか？　面倒を分かち合おうとしなかったんですか？　犬は家族と言いますけど、家族の世話を子どもに押し付けて知らん顔、それはおかしいと思いませんか？」

先生の言い方はいつになく厳しい。犬好きなので、犬をいい加減に扱う人が許せないのだろう、と私は思った。

「結月ちゃんはまだ子どもです。ひとりで犬の面倒をみるのは早すぎたんです」

誰も何も言わなかった。食堂の中には緊迫した空気が漂っている。

しばらく沈黙してから、父親はようやく口を開いた。

「つまり、犬を捨てるように追い込んだ責任は、私たちにもあるってことですね」

「ないとは言えないと思います。厳しすぎる約束をただ押し付けるのではなく、それが守れるものなのかどうか、大人が最初に見極めないと。約束を守れない子どもは、嘘をついたり、ごまかしたりするしかなくなってしまう」

それまで険しい表情だった父親の顔に、初めて驚きの表情が浮かんだ。

「嘘をついたり、ごまかしたりする……」

「結月ちゃんだって、やりたくてやったわけじゃないですよ。ほんとだったら、最初に出会った時のまま、エリカを好きでいたかった。だから、携帯の写真も消さずに持っていたんじゃないでしょうか？」

それを聞いた途端、結月ちゃんの泣き声が一段と大きくなった。

「ごめんなさい、ごめんなさい」

と言って、嗚咽《おえつ》を漏らす。母親が結月ちゃんに近寄り、いたわるように言った。

「私たちが悪かったわ。つらいことをさせてしまったわね」

そうして、結月ちゃんの肩を抱いた。誰も何も言えず沈黙しているなか、結月ちゃんの泣き声だけが、食堂の中に響き渡っていた。


「一時はどうなるかと思ったけど、うまくおさまりましたね」

翌日、皿を片付けながら、私は先生と話をしていた。

結局、結月ちゃん親子は犬を置いて帰っていった。六花ちゃんの家でかわいがってくれるなら、そちらにおまかせする、と言う。

「まだうちの家族は犬を飼う資格がなかったようですね。時期が来てまた飼おうということになったら、みんなで新しい犬とやり直します。エリカにとっても、その方がいいと思いますし」

結月ちゃんの父親の言葉に、私も賛成だ。菜々のこころはすでに結月ちゃんではなく六花ちゃんの方に向いている。また結月ちゃんのところに戻るとなったら、菜々は混乱するだろう。

六花ちゃんの母親は犬の代金を支払うと言ったが、結月ちゃんの父親は頑として受け取らなかった。

「うちの身勝手でエリカを押し付けるようなものだから、とてもお金は受け取れません。それに三か月を過ぎてますから、うちに権利はありません」

と、いうことだった。そういうところは筋を通す人のようだ。

結月ちゃんは六花ちゃんに「ひどいことを言ってごめんなさい」と謝罪した。六花ちゃんは「気にしてないよ」と笑って言った。菜々を飼える喜びが、結月ちゃんの仕打ちを忘れさせたのだろう。

「セロリを食べられる子もいれば、食べられない子もいる。だけど、大人になったら、食べられるようになる人も多いでしょ。結月ちゃんだっていまはできないけど、もうちょっと大人になったら、犬の面倒をみられるようになるかもしれないわ」

先生はしゃべりながらも、お皿を洗う手を休めない。

「だけど、どうして結月ちゃんはここに捨てようと思ったんでしょう?」

「簡単にみつからないように、自宅からなるべく遠くへと思ったんでしょうね。犬を連れて自転車に乗ることは難しいし、歩いて来るとしたらこの辺りが限界だったんでしょう」

「なるほど」

大人でも片道三十分以上は掛かるという。帰りも歩きであれば、往復一時間は歩くことになる。子どもならなおさら時間が掛かるだろう。

「それに、ここへは一週間前に自転車でランチ会に来ていたから場所を知っていたはず。どこでもいいと思っていても、ある程度土地勘のあるところを人は選ぶんだと思います。それに、ここは食堂だから、餌には事欠かないと思ったのかもしれないし」

「それにしても、先生、結月ちゃんが犬を好きじゃないって、よくわかりましたね」

「あら、それは見ていればわかるわよ。三か月ぶりに会ったというのに、あの子、菜々を抱こうともしないし、菜々の方でも近寄ろうともしない。ほんとにかわいがっていたなら、たった三か月離れただけで、犬は忘れたりはしないわ。いい関係ではなかったんでしょうね」

「だったら、やっぱり六花ちゃんのところに行くことになって、菜々も幸せですね」

「それはそうだけど、六花ちゃんはいい子だから、逆に心配なの。自分で全部面倒をみる、と頑張りそうで」

「ああ、だから六花ちゃんのおかあさんも呼んだんですね。六花ちゃんのおかあさんにもそういうことをわかってほしいから」

しかし、私の問いに先生は答えず、視線を窓の外に向けた。

「ああ、もうすっかり春ね。桜の花が開きかけているわ。菜々の旅立ちの日は野川の桜が咲いているといいわね」

「あら、先生は菜々のこと、そんなに気に掛けていないのかと思ってました。結局散歩にもいらっしゃらないし」

靖子先生は菜々に淡々と接していた。時々は頭を撫でたりするが、それ以外はとくにべたべたと甘やかすことはしなかった。

「だって、あまりかわいがると、別れがつらくなるじゃない」

先生はそう言って微笑んだが、ちょっと寂しそうな顔だ。

「それはそうですね。正直、私、つらいです」

「ペットがいる生活はいいわね。昔はうちもそうだったのだけど」

先生は遠い目をした。その目はなんともやるせない光をたたえていて、私はそれ以上何も言えなかった。

裏切りのジャム

その電話が掛かってきたのは、ランチタイムが終わり、私たちがひと息ついている時だった。

「はい、菜の花食堂です。はい、お世話になっております」

電話に出たのは、たまたま近くにいた香奈さんだった。

「はい。……えっ」

緊迫した声に、私も靖子先生も思わず香奈さんの方を見た。

「ほんとうでしょうか？　そんなはずは……。はい、ちょっとお待ちください」

香奈さんは受話器の通話口を押さえながら、困惑した顔で私の方を見た。

「立川の花村フーズさんから。瓶詰の件でお客さまからクレームがきたんですって。営業担当の人に代わってほしいって」

花村フーズは、立川の駅ビルに入っている食料品店だ。菜の花食堂では食堂以外の仕事として、ピクルスやジャムなどの瓶詰を作って販売している。それを店で売るだけでなく、ほかのショップに卸して販売してもらっている。花村フーズでも先月からうちの瓶詰を扱ってくれていた。うちの瓶詰の取引先のうちで、いちばん大きいショップだ。

「代わりました。営業担当の館林です」

『ああ、館林さん？　おたくねえ、どういう商品管理をしているの？』

「は？」

『お客さまからクレームがきたよ。買ったばかりの瓶詰にカビが生えているって』

「ええっ」

そんなはずはない。うちは衛生管理も徹底しているし、賞味期限も厳しく設定している。常温で保存したとしても、未開封ならカビなど生えるわけはない。買ったばかりの商品にカビが生えているなど信じられなかった。

「ほんとうですか？」

とても信じられなくて、ついそんな言葉が出た。

『ほんとうもほんとう、現物をお客さまが持ってこられたんだ。表面にびっしり。これ、ひどいよ』

電話口から怒りが伝わってくる。

「申し訳ありません」

『こんなんじゃ、売り物にならないよ。うちの信用にも関わるし』

「それは……賞味期限はどうだったんでしょうか」

花村フーズとの取引は先月始まった。その時、商品もできたばかりのものを搬入した。だからどの商品の賞味期限もまだ先のはずだし、カビなど生える時間はない。もしかしたら、古いものが交ざっていたのかもしれない、と思う。

『賞味期限内。お客さまは昨日うちで購入されたばかり。レシートでそれは確認した』

「ほんとに申し訳ありません。すぐにそちらに伺います」

そう言って、私は電話を切った。

靖子先生と香奈さんが心配そうに私の方を見る。

「うちの瓶詰にカビが混入していた、とお客さまからクレームがきたそうです。すぐに行って、謝罪かたがた状況を確認してきます」

「優希さん一人で大丈夫？　私もいっしょに行きましょうか？」

先生が心配そうに言う。ほんとはそっちの方がありがたいのだけど、これは営業担当の私の仕事だ、と思った。

「今日の夜は貸し切りの予約が入っているから、先生も香奈さんもそちらの準備で忙しいでしょう？　まずはそちらを優先させてください。こっちの方は何かの間違いじゃないかと思いますし、とりあえず私ひとりで対応します」

この日は料理教室の生徒さんのひとりが、おばあさまの米寿のお祝いの予約を入れてくださっていた。ご家族や親戚で貸し切りにしてくれているのだ。夜の貸し切りは滅多にないし、お祝いに使っていただけるのは嬉しい。だから、靖子先生と香奈さんにはそちらの仕事に集中してほしい、と思う。

「そうしてくれると助かるけど……」

「私ひとりでは対応しきれない、と思ったら、すぐに電話しますから」

「そう。じゃあ、申し訳ないけどそうさせてもらうわ。でも、もし何かあったら、すぐに連絡するのよ。私も行きますから」

先生はそう言って、私を送り出してくれた。

私が戻ったのは二時間後。夜の営業開始まであと一時間というところだった。

「おかえりなさい」

出迎えたふたりは、私が持っている大荷物を見て眉をひそめた。両手に紙袋を抱えていたのだ。

「それは、まさか」

「花村フーズからつきあいを断られました。在庫をすべて持ち帰ってくれ、と言われたんです。先週追加を入れたところなので、大荷物になってしまって」

お客さまにも評判がよく、扱い数を増やしてもらえたところだった。だが、こんなことがあってはもうそちらの商品は置けない、と言われたのだ。

「保健所にも連絡が行ったのかしら?」

香奈さんが心配そうに聞く。

「いえ、花村フーズの方は、これが大ごとになるのを恐れていらっしゃるようなんです。保健所の検査が入るとそれに時間を取られるし、自分の店で扱っている商品にカビが生えていたことが噂になると、お客さまに敬遠されるかもしれないって」

商売は信用第一だ。たまたま不良品がひとつ紛れていたからって、うちの商品全部が悪く思われるのは心外だ。今回は内々に処理するから、そちらも騒ぎ立てないでくれ。

花村フーズの人にはそう釘を刺された。

人件費削減で人も少ないから、こういうことでいちいち時間を割かれるのは、迷惑なんだよ、と。

どうしてカビが生えたものが交ざっていたのか、ということには、花村フーズの人はさして興味がないようだった。うちの商品を全部返品して、それで幕引きにしようとしていたのだ。買取商品だから本来返品はありえないのだが、返金を要求された。いずれ請求書が送られてくるらしい。

「よかったわ」

香奈さんはほっとした顔をしている。保健所に通報されて、うちが営業停止になるのを恐れていたのだろう。私も同じだ。返品されても、営業停止になるよりはましだ。

「よかったとは言えないわ。もしかしたら、うちのやり方に何か問題があったかもしれないし、保健所の人が入ってちゃんと原因を突き止めてもらった方がいいと思う」

靖子先生の眉間には縦皺が寄っている。こんな厳しい顔をした靖子先生は、いままで見たことがない。

「だけど、花村フーズの人に騒ぎ立てるな、と言われましたし、うちから連絡するわけにはいかないですよね」

「それはそうだけど……」

先生はまだ納得がいかないようだ。

「私たち自身で、原因を突き止めるしかないと思います。今回のこと、なんか変なんです」

　そう言って、私はバッグに入れていた瓶詰を出した。

「これが問題の瓶詰です」

　イチゴのジャムの入った小瓶だ。先生はそれを受け取り、蓋を開けた。ジャムの表面にうっすら白いカビが生えている。

「これはひどい」

　香奈さんが溜め息交じりの声を出した。これを見せられたら、何も言い訳できない。私は花村フーズの人にひたすら謝るしかなかった。

　先生は瓶を持ち上げて、ラベルの日付を確認した。

「これって、作られてからまだひと月も経ってないってこと？」

「そうです。最初話を聞いた時は、古いものが間違って交ざっていたのか、と思ったんです。だけど、そうじゃなかった。ほかのと同じ日付でした」

「ほかのは異常なかったの？」

「はい、おそらく。瓶を開けずに外から確認しただけですが、ほかのイチゴジャムには異常はないようでした」

「それは確かにおかしいわね。同じ条件なら、ほかにも傷んだものが出るはずだし、短期間でここまでカビが生えるっていうのも不思議ね。瓶に異常があったわけではないわね」

「はい、もちろん。うちは新品の瓶をさらに熱湯消毒して使っていますし、ジャムの製造の時にもよけいなものが混入しないように細心の注意を払ってますから、ちょっとありえないことです」

「これは何か別の原因があるかもしれないわね」

先生は溜め息を吐いた。

「いろいろ調べたいけど、いまは忙しくて無理ね。ともかく今日の仕事に集中しましょう。これ、ビニール袋に入れて、冷蔵庫に保存しておいて。それから、回収してきた瓶詰はほかのものとは別にして。この件が解決するまでは出荷しないようにしてください」

「わかりました」

先生のおっしゃる通りだ。今日いらっしゃるお客さまには、このトラブルは関係ない。大事なお祝いの席を設けるのに、わざわざうちを選んでくださったのだ。喜んでもらえるように、精一杯頑張らなきゃ。

私は瓶詰を片付けると、仕事用のエプロンを着けた。大きく息を吐き、気持ちを切り替えて準備に取り掛かった。

しかし、トラブルはその一回で終わらなかった。翌日、今度は吉祥寺のショップから連絡があったのだ。昨日の今日なので、まだ瓶詰のことをどうするかは決めていなかった。明日が定休日なので、その時、対処を考えよう、ということになっていたのだ。電話が来たのはランチタイムで忙しい時間帯だったので、私はまたひとりで謝罪に出掛けた。

「またカビ？」

戻ってくると、仕事が一段落した香奈さんと先生が待っていた。

「ええ、今度はリンゴジャムだって」

「前のとは別ってこと？　だったら、よけいわからない。この前と同じジャムだったら、材料のイチゴが傷んでいたとか、イチゴジャムを作る時に何か混入したんだろうと思うけど、なんで今度はリンゴ？」

香奈さんが疑問を投げても、誰も答えられない。

「瓶詰の販売は当面中止しなきゃいけないわね」

先生が溜め息交じりに言う。

「せっかくうちの瓶詰が〝地元の逸品〟に選ばれたっていうのに」

〝地元の逸品〟は、地元産業を盛り上げるために、市と商工会議所が協力して始めたことだ。このラインナップに加えられると商工会議所の運営するショップで売ってもらえたり、広報誌などで紹介されたりする。人に勧められて申請を出したところ、審査会を兼ねたイベントでも好評で、幸運にも選ばれることになった。そのおかげで知名度が上がり、立川や吉祥寺の有名店からも取り扱ってもらえることになったのだ。

「とにかく、原因を調べてみましょう」

先生はそう言って、回収してきた瓶詰を全部テーブルの上に並べた。

「同じようにカビが生えてないか、調べてみましょう」

「でも……ピクルスは外から視認できますけど、ジャムは開けないとちゃんと確認することはできません」

「だったら、開けましょう」

「ええっ、そうしたら売り物になりません」

思わず悲鳴のような声が出た。

「だけど、不良品が紛れている可能性があるのだから、仕方ないわ」

「でも、開封して何もなかったらもったいないし」

ジャムの瓶は二店舗分、二十個ほどあった。お金だけでなく、その商品ひとつひとつを作るのに掛けた手間や時間、何より「よいものを作ろう」と頑張った自分や香奈さんの想いが無駄になってしまうのが哀しかった。

「もし、何もなかったら、その分は自分たちで分けるなり、デザートに使うなりして、決して無駄にはしないわ」

先生の声を聞いて、先生自身も内心憤っているのがわかった。

先生だって、ほんとは嫌なのだ。せっかく作ったものをこんなかたちで無駄にするのは。誰の手にも届けられずに終わることは。

「わかりました。調べましょう」

そうしてすべての瓶をチェックしたが、予想通りカビの生えたものなどひとつもなかった。その気配もなかった。なぜカビが混入したかは、結局わからないままだ。

「原因がはっきりするまでは、瓶詰の製造も販売もすべて中止しましょう。一回だったら、悪いことが偶然重なった、ということも考えられるけど、二回続くとなると何か原因があるとしか思えない」

先生は憂い顔でそうおっしゃった。

「原因?」

「ええ。安全が保証できないものを売るのは、食品を扱うお店としたらやってはいけないことよ。それに、まだこれは終わっていないかもしれない。これ以上、被害を大きくしてはいけないわ」

瓶詰は私と香奈さんが中心になって製造している。だからこそ、原料の選択も衛生管理も、細心の注意を払ってやっていると断言できる。なのに、なぜこんなことになったのか、なぜこれを中止しなければならないのか、哀しくてつらい。

「だけど、もう仕込みをしているものもありますし、いきなり中止は難しいです。金銭面でも打撃が大きいし」

瓶詰のビジネスは好調だった。〝地元の逸品〟効果で、このひと月で扱ってくれる店が十七軒に増えた。おかげで、売り上げも順調に増えている。私は菜の花食堂の収入だけではやっていけないので、週四日駅前のレストランでバイトをしていたが、この分ならバイトを辞めてこちらの仕事に専念できそうだ、と思っていた矢先だった。

「それに、いま市場に出ているものはどうするんですか？　扱ってくれている十五店舗のもの、全部回収するのでしょうか？」

「それも仕方ないでしょう」

「待ってください。それって風評被害を広めることになりませんか？　まだうちが悪いと決まったわけじゃないし、何も知らないお店にわざわざこういうことがありました、って言うのはまずいんじゃないですか？」

「私もそう思います。もしかしたら、これでトラブルが終わりになるかもしれないし、それなら黙っていてもかまわないと思うし」

私の言葉に香奈さんも同意する。一生懸命やってきたことだけに、先生の提案にすんなり納得できないのだ。先生は強い視線で私たちを見た。

「だけど、これで終わりにならなかったら？　もし、トラブルが続くとしたらどうなると思う？　いちばん困るのは私たちではなく、私たちの商品を信じて購入されたお客さまなのよ。それに、悪い噂は伝わる。立川や吉祥寺と離れていても、人は繋がっているから、いずれ地元の人たちも知ることになるはずよ」

先生に言われて、私と香奈さんは沈黙した。

「こうしたトラブルは隠さない方がいい。もし、隠したことがばれたら、うちのお店の信用は台無しよ。ただの事故なら同情してくれる人もいるだろうし、時間が経てば信用は回復できる。だけど、隠蔽したことがばれたら、信用は地に落ちる。二度と回復できないかもしれない」

先生の言うことは正しい。だけど、悔しい気持ちは抑えられない。

このために作業場まで作ったのに。時間を掛けて商品開発し、宣伝をし、一店舗一店舗営業して、ようやくここまで取引先も増やしたのに。

　重い沈黙が流れる中、電話が鳴り響いた。

　嫌な予感がした。また、トラブルかもしれない、と思ったのだ。

　私と香奈さんが動けずにいると、先生が電話を取った。

「はい、菜の花食堂です。国立のさくら食品さん？　いつもお世話になっています」

　どきっとした。さくら食品はそれほど大きくないが、こだわった食材を置くことで地元の信頼を得ている店だ。うちの瓶詰を気に入ってくださって、目立つところに置いてくださっている。そのおかげで、うちの商品を扱っている店の中では、ここの売り上げがいちばん大きかった。

「申し訳ありません。はい、はい、すぐにそちらに伺います」

　電話を切ると、先生は私の方を見た。

「さくら食品さんから。カビが混入しているのがみつかったそうよ」

「今度は何に？」

「レモンカードですって。これからすぐにさくら食品さんに行きましょう。今日は私もいっしょに行きますから」

先生は決然とした口調で言った。私と香奈さんはうなだれるばかりだった。

「ほんとうに、申し訳ありません」

私と先生はさくら食品の代表の金井麻紀《かないまき》さんに頭を下げていた。金井さんはシニョンにまとめた髪に、セーターとパンツ、その上にリネンのワンピースを重ねて着ている。五十代半ばくらいの年齢だが、いつも明るく生き生きとして、年齢を感じさせない。三十代で離婚したあとに一念発起、おんな手ひとつでこの店を立ち上げた苦労人なので、人あたりも柔らかい。それほど怒ってはいないようだった。

「私、まだ信じられないんです。先週入荷したばかりの商品だし、まさか菜の花食堂さんの商品に限ってねえ」

金井さんが問題のレモンカードを私たちに見せてくれた。金井さんとは昨年の国立のイベントにうちが呼ばれて出店した時に知り合った。たまたまブースが隣り合わせだった縁で、うちの瓶詰をいくつか購入してくれた。後日それが気に入ったので、ぜひ取り扱いたいと申し出てくれたのだ。

「正直私たちも、なぜこんなことになったのか、全然わからないんです。食の安全には気を遣っていますし、検品もしていますから、出荷する段階でカビが生えていたなどありえないんです。この商品は作られてまだ間がない。賞味期限はずっと先です。なのに、どうしてこんなことになったのか」

先生がそう言ってくれるのはありがたい。先生は私たちのやり方を信じてくれているのだ。

「実は、カビが生えているというクレームは、これで三軒目なのです。しかも、昨日から急に。最初の二軒で返品されたほかの商品を全部チェックしましたが、ひとつも傷んではいませんでした。そして、カビが生えていたとクレームが来たのは、最初はイチゴジャム、次はリンゴ、そして、今度はレモンカードとバラバラなんです」

先生の言葉を聞いて、金井さんは首を傾げた。

「それはちょっと変な気がしますね。もしダメになるなら同じ種類のものが傷むんじゃないですか？」

「私もそう思います。なんで別々のものが傷んだのでしょう。それに、カビが生える時間が短すぎる。これも作られてからまだ二週間も経っていない。常温でも未開封であれば、短期間でこんな状態にはなりません」

「まさか、誰かのいたずら？」

金井さんの言葉に、私ははっとした。その可能性は考えていなかったのだ。しかし、先生は大きくうなずいている。

「だとしたら、悪質ですね。食品を取り扱うお店にとって商品が安全でない、という評判が立つのは、いちばんダメージが大きい。それも、一度だけでなく二度も繰り返すというのは、菜の花食堂さんに悪意を持っているとしか思えません」

金井さんは眉をひそめている。

「こういうことをやられると、被害はうちだけじゃない、売ってくださっているショップの方にも迷惑をお掛けしてしまう。二重に悪質です」

先生の声は冷静すぎるほどだった。それが逆に先生の怒りが根深いものであることを表しているようだった。

「でも、どうして？　うちが大きな企業だったら、それをネタに強請《ゆす》るということもできると思うのですが、うちにはお金もそんなにあるわけじゃないのに」

私もついそう口走っていた。

その昔、お菓子に毒を入れて企業を脅す、という事件があった。いまは企業の側でも包装に工夫をしているし、店先でいたずらしようとしても防犯カメラが増えているから、簡単にはできない。それに、何よりリスクが大きいので、近年そういう犯罪は起こっていない。

「狙いはお金ではないと思う。もし、そうなら脅迫が直接うちにくると思います。目的はうちの信用や評判を落とすことでしょうね、きっと」

「なんのために？　うちなんて、地元の人相手の小さなビジネスをしているだけなのに」

　私は泣きそうになった。小さなビジネスを誠実にやって、靖子先生と香奈さんと私と三人がちゃんと食べていけるようにする。ささやかな願いだというのに、それさえ邪魔しようという人間がいるのか。

「予想はつくけど、ほんとうのところは、捕まえてみないとわからないわね」

「先生、だったら犯人をみつけてください」

　いままでだって、何度も謎を解いてきたのだ。先生だったら、きっと犯人がわかるだろう、と私は信じている。

「ええ必ず。こんな悪質な犯人、野放しにはできないわ」

　こんなふうに先生が断言されるのは珍しい。いつもは、推理する能力をどこか恥じているようなのに。それだけ今回のことに怒りを覚えているのだろう。

「それで、少しお話を伺いたいのですが、こちらのお店で問題の商品をお客さまが購入されたのは、いつのことですか？」

「えっと、お客さまからクレームがきたのはいまから三時間ほど前。で、その時、レシートを持って来られたんですが……ちょっと待ってください」

金井さんはレジの下の棚から書類箱を取り出して来た。

「そう、これ。購入の日付も入っています」

先生がレシートを受け取り、書かれている日付をチェックした。

「購入は昨日。ほかに購入しているものはない。……確か、前の二軒も同じだったかしら」

先生が私に尋ねた。

「え？　はい、そうでした」

前の二軒ではレシートはもらえなかったが、購入の日付の証拠として見せられた。それを見て、どちらもうちの商品だけを選んで購入してくださったお客さまなのに、申し訳ないことをした、と思ったのだ。

「どんなお客さまでしたか？」

「そうですねえ。五十代くらいの上品な女性でした。カシミアのコートをおめしになっていて、シルバーヘアというか白髪交じりのショートボブでした」

それを聞いて、この辺りに住む国立マダムだろうか、と思った。この界隈は高級住宅地なので、お金持ちも多い。

「以前からこちらのお店を利用されている方でしたか？」

「いえ、見覚えはありません。初めて来られた方かもしれません。常連さんでないことだけは確かです」

「ほかに特徴は？」

「うーん、なんとなく商売をしている方かな、とも思ったのですが」

「それは……どうして？」

「どうしてだろう？」

金井さんはちょっと考えてから、思い出した、というように微笑んだ。

「そうそう、クレームの内容です。こういう時は、自分がいかに腹立たしい思いをしたか、怒りの感情をこちらにぶつけてこられる方が多いんです。だけど、この方はすごく冷静でした。そして、『こういうものを仕入れるなんて、おたくにとっても信用問題でしょ』っておっしゃったんです。ふつうのお客さまは仕入れなんて意識してないし、信用問題なんてお店の立場に立った言葉もクレームではあまり聞かないので。この方は自分も商売をやっていらっしゃるのかな、と思ったんです」

「そう、だったら、なおのこと怪しいわね」

先生がつぶやくように言ったのを、私は聞き逃さなかった。

「先生はその人が犯人だと思うんですか？」

「断定はできないけれど、その可能性も捨てきれない。ほかの二店舗は大きいお店だし、人の出入りも多いから、店頭にある商品にその場でいたずらしたり、すり替えたりすることも不可能ではないかもしれない。防犯カメラもあるから、かなりリスキーだと思いますけどね。だけど、こちらのお店はうちの商品をレジ前の目立つところに置いてくださっているし、お店の規模からいっても目が行き届くから、金井さんやほかの店員さんにみつからないように商品に手を加えるのは難しい」

「というと？」

「犯人は自宅で何か細工したんじゃないか、と思うんです」

「自宅で細工というと？」

「中身を、カビの生えたものとすり替えたんではないか、と」

私も金井さんも、びっくりして先生の顔を見た。

何食わぬ顔をして商品を買い、自宅で中身を入れ替えて、『カビが生えている』と、クレームをつける。できないことではない。というか、それならバレる危険性はほとんどない。

「その人、おたくに弁償しろとかなんとか、因縁をつけるようなことはありませんでしたか？」

「いえ、クレーマーとしては行儀がいい、というか、丁寧な方でした。こちらがお詫びにほかのジャムを差し上げようとしたら『代金を返してもらえばそれでいいから』と言って、受け取らなかったんです」

「ああ、ほかの店でもそれは言われました。お客さまは怒っていなかったし、お金を返せばそれでいい、とおっしゃったと。だからといって、そちらの行為が許されるものではない、と釘を刺されましたが」

　私はそう言い添えた。お客さまが怒っていなかったというので、お店の人の私へのあたりも、それほどきつくはならずにすんだのだ。もし、お客さまにガンガン文句を言われたのであれば、お店の人はその怒りの矛先を私にぶつけたことだろう。

「連絡先などは聞かなかったのですか？　こういう場合、お客さまの連絡先を伺って、後日商品の製造元の私たちがお詫びに行く、というのがふつうだと思うのですが」

　先生が私たちに質問する。

「それも固辞されました。『今後、こういう素人臭い商品の扱いをやめるならそれで十分』とだけおっしゃって帰られました。連絡先も教えてもらえませんでした」

「前の二軒も同じでした。私が直接お客さまにお詫びに伺いたい、と言ったのですが、ショップの人に断られました。お客さまが必要ないと言ってるから、わざわざ行く必要はない。そもそも連絡先も聞いていないって」

「商品の扱いをやめろ、それがいちばん言いたかったんですね、きっと」

先生は硬い表情のままだ。

「ほんと、困ったことですね。商品にわざとカビを混入させるのは犯罪だけど、その証拠を挙げるのは難しい。犯罪だと立証のしようもない」

金井さんは同じ商売人として、私たちに降りかかった災難に同情してくれているようだ。

「ところで、金井さんはそのクレーマーの顔を覚えていらっしゃいますよね」

「ええ、つい三時間ほど前に会ったばかりですから」

「また会ったら、その人だとわかりますか？」

「ええ、もちろん」

「でしたら、その顔を忘れないようにしてください。もしかしたら、確認してもらうことがあるかもしれません」

「わかりました。確約はできないけど、努力します」

「よろしくお願いします」

そうして私たちは商品の在庫と、問題の瓶詰を受け取って、お店を後にした。


私たちが店に戻ると、香奈さんともう一人、お客さまが待っていた。商工会議所の守屋正一《もりやしょういち》さんだ。守屋さんは同じ町内に住んでおり、うちの店の昔からの常連さんだ。営業時間外だが、守屋さんは店のカウンター席に座っており、コーヒーを飲んでいた。何か面白いことを話していたのか、カウンターの内側にいる香奈さんが笑っていた。


「あ、おかえりなさい」

「あら、守屋さん、いらっしゃい。こんな時間にどうしたんですか?」

守屋さんは五十代後半、丸顔でたれ目に愛嬌があり、見るからに人がよさそうだ。地元の地主で金銭的なゆとりがあるせいか、町内会や消防団などの世話役も引き受けている。うちの店に〝地元の逸品〟のことを教えてくれて、申請したらと勧めてくれたのも守屋さんだ。

「あのね、ちょっと不穏な投書があったんで、一応知らせた方がいいかと思ってね」

守屋さんは持っていた鞄から手紙を取り出して、先生に渡した。

「なんでしょう」

先生はさっと目を通すと、無言で私にそれを渡した。先生の眉間には皺が寄ってい
た。

香奈さんがカウンターから出てきて私のそばに立った。香奈さんにも見えるように
手紙を広げて読んだ。

そちらの紹介している〝地元の逸品〟の中の『菜の花食堂の瓶詰』を近くのお店
で買いました。ふつうのジャムよりちょっと高めだけど、逸品というからにはきっ
とよい品物だと思ったのです。

ですが、蓋を開けてびっくりしました。中にびっしりカビが生えていたのです。
お店に言って返金してもらいましたが、とても不愉快です。菜の花食堂なんて、
しょせん素人が自宅でやってる店だから、衛生管理もろくにできてないのではない
でしょうか。

どうしてこんなものを〝地元の逸品〟に選ぶんでしょう。早急に取り消しを要求
します。

「ひどい」

つぶやくように香奈さんが言う。私も悔しくて、手紙を破り捨てたくなった。

「これはいつ届いたのですか？」

先生は感情を抑えた声で守屋さんに聞いた。

「今朝、商工会議所の郵便受けに届いていたんだ。どうせデタラメだと思うけど、ちょっと内容が穏やかじゃないからね。知らせておいた方がいいと思って」

「守屋さんはデタラメだと思ってくださるんですね」

「もちろん。〝地元の逸品〟にそんなことがあったら、売ってる店からうちに直接連絡がくる。それに地元じゃすぐに噂が広まるよ。早晩私の耳に入ると思うんだが、そんな話、まったく聞かないからね」

私は思わず先生の顔を見た。先生は平然とされていて、感情が読み取れない。

「それにね、よくあるんだよ、こういうこと」

守屋さんはおおげさに溜め息を吐いてみせた。

「よくあるって、クレームの手紙が？」

「ああ。とくに〝地元の逸品〟を始めてからだね。うちの市にも観光客に誇れるような名物を作ろうっていうんで、市の経済課の肝いりで始めたんだけど、たいへんだったんだ。それを知った関係各所から『うちの商品を選べ』ってプレッシャーがすごくてさ、難儀したよ」

「そうだったんですね」

うちの店も一応地元の商工会議所に入ってはいるが、深いつきあいはない。そういう騒ぎがあったとは、まったく知らなかった。

「何もかも選んじゃったら逸品にはならないし、コネだの歴史だのを考慮してたら、ほんとうにいいものにはならないだろ？　だから、人気投票をすることにしたんだ」

「それで、駅前ホールでイベントをやったんですね」

「〝地元の逸品〟に選ばれたいと希望する店を一堂に集めて、自慢の商品を売ってもらって、お客さんたちに自由に買ってもらう。その中で、よかったものに投票をしてもらう。いわゆるフードフェアのやり方を真似したんだ。これなら文句も出ないだろうし、イベントとして盛り上がるし」

「そうでした。うちも、守屋さんに声を掛けていただいて、出店したんでした」

それは二か月くらい前の話だ。実際のところ、守屋さんに勧められて申請書を出したものの、私たちが選ばれるとは思っていなかった。当日は地元の老舗店や人気店が軒並み顔を揃える。それに比べるとうちは知名度も低く、店の規模も小さい。瓶詰のビジネスも始めて間もないから、それを知ってる人も少ない。イベントに参加することで、少しは宣伝になればいい、と気楽な気持ちで参加したのだ。

しかし、予想に反して、うちの瓶詰は人気投票で七位に選ばれた。上位七商品までが〝地元の逸品〟という称号を許される。その結果に、誰よりも私たち自身がいちばんびっくりした。

「公明正大なやり方だったと思うけど、やっぱり文句言うやつは言うんでね。おたくに限らず、あれが選ばれるのは気に入らない、ってクレームはきたよ。選ばれなかったやつのやっかみだね」

「これもそのひとつだと？」

「もちろん。差出人の名前もないし、どこの店で買ったとか、具体的なことはひとつもない。単におたくが選ばれたのが気に入らないってことなんだと思うよ」

「うちを信じてくださって、ありがとうございます」

先生がそう言って、頭を下げた。

「そんな大げさな。日頃この店に出入りしていれば、下河辺さんがちゃんとした料理人だってことはわかりますよ。だからこそ、〝地元の逸品〟に勧めたんだし」

「ですが、実はあったんです。瓶詰にカビが入っていたというクレームが」

「ほんとに？」

守屋さんは信じられないというように目を丸くした。

「そんなことってあるの？　まさか、ほんとに？」

「いえ、ほんとです。立川と吉祥寺と国立のショップからクレームがきたんです。ちょうどいま、国立に伺って、実物を回収してきました」

そう言って、先生はバッグの中からレモンカードの瓶を取り出した。蓋を開けて、守屋さんに見せる。

「これは……ひどい」

「だけど、おかしいんです。これ、製造してまだ二週間足らずなんです」

「それだったらいまの季節、常温でもなかなかこんなふうにはならないよ」

「そう思いますよね。だけど、ほかにも立川の店ではイチゴジャム、吉祥寺ではリンゴジャム。それぞれ一個だけ傷んでいたんです」

「それぞれ一個だけ？」

「これと同じように、表面にカビがびっしり生えていました。だけど、同じ店で売っていたほかの商品には、おかしなところはありませんでした」

「それも変な話だね。種類が違えば作る時期も違う。なのに、それぞれひと瓶だけ同

じように カビが生えていたなんて」

守屋さんは、先生が言わんとしたことを、ちゃんと理解してくれたようだ。

「そうなんです。おかしいと思います。ちょっと試してみましょう」

先生はエプロンを出して身に着けると、冷蔵庫からカビの生えたリンゴジャムとイチゴジャムを出してきた。それに、回収してきたばかりのレモンカードも加える。

私も、香奈さんと守屋さんも、先生のやることをじっと見ていた。

先生はカビの生えた瓶の中身を、なるべく形が崩れないようにそっとバットに取り出した。イチゴ、リンゴ、レモンカードと、それぞれ別々のバットである。さらに、回収済みの瓶の中から三つ取り出した。イチゴ、リンゴ、レモンカードの三種類だ。そして、傷んだものと痛んでないものを横に並べた。

「先生、何をなさるんですか?」

「ちょっとした観察。それぞれ比較してみようと思って。小皿三枚とスプーン、それにお水を入れたコップを持ってきてくれない?　それぞれ三セットね」

香奈さんが小皿とスプーンを、私が水を入れたコップを持っていった。

先生はカビの生えたイチゴジャムの、傷んでない部分をすくって皿に取った。そして、それを口元に持っていく。

「やめてください。おなかこわしますよ」

「大丈夫。カビが生えているのは表面だけだし、下の方はまだ食べられるから」

先生はケロリとしておっしゃるが、ほかの三人は戸惑っている。いくら大丈夫だと言われても、進んで食べたいものではない。

先生はみんなの困惑にかまうことなくジャムを口に含み、ゆっくり味わうようにしてから呑み込んだ。その後、水で口を注ぎ、傷んでないイチゴジャムを口に入れた。

「やっぱりね」

そうつぶやくと、皿を替えてリンゴ、レモンカードも同様に味見した。

「先生、何かわかったんですか?」

「ええ。やっぱりジャムは入れ替えられている」

「ほんとに?」

「食べたらわかると思う」

そう言われて、私と香奈さんもおそるおそるイチゴジャムを小皿に取った。

先生がやったのと同じように、まずカビの生えたもの、その後傷んでないものを口に含んだ。

すると、香奈さんが「あっ」と声を出した。

「わかった？」

「ええ、この傷んだイチゴジャムは、いまのレシピと違います。砂糖の分量が違う。いまのより甘味が強い」

「リンゴジャムだと、もっと違いがわかると思う」

そう言われて、香奈さんはリンゴジャムを皿に取り、口に含んだ。カビが生えたジャムということなど忘れたように、真剣な顔になっている。

「確かに。レモンの量も砂糖の量も、いまのものとは違う。古いレシピだわ」

私も香奈さんに倣《なら》ってリンゴジャムの味をみた。私の舌でもわずかに違いがあることがわかった。最初のものの方が酸味がきついのだ。

瓶詰のレシピは少しずつ改良を重ねている。イベントで、直接お客さんの意見を聞くことで、お客さんの好みを探っている。お店に卸しているのは、その研究の成果を反映させたものだ。二か月前には大きなイベントがあり、そこでいろんな人の意見を聞けたので、いま売っているジャムにはそれを反映させている。

「レモンカードも確かめてみて。ほかのふたつはともかく、これについてはいつ売ったものかははっきりわかるから」

香奈さんが味を確認する。

「これは……」

「そう、これもいま売っているものとは違う。イベント用に作ったものよ。そもそもレモンカードはあのイベントの時に何か新商品を、ということで開発したもの。それを改良したものをお店で売っているから、イベントでも一度しか出していない」

先生が言うと、守屋さんが確かめる。

「そのイベントというのは、もしかして」

「〝地元の逸品〟を決めるイベントです」

先生が答えると、香奈さんも同意するようにうなずいた。

「つまり、おたくのジャムをあのイベントで買って、それを二か月の間にカビさせて、新しく買った瓶の中身と交換したってことですか？」

「三つ同時に買ったかどうかはわからないけど、少なくともレモンカードはそのようね。瓶の大きさは同じだから、詰め替えても量が変わらないし、万一こうして味を確認されても、同じ店のものだからばれないだろうと思ったんでしょうね」

「なんてずる賢い」

守屋さんがあきれたとも感心したともつかぬ口調で言った。

「ほんと、悔しい。そんなことのために、私たちの努力が無駄になるなんて」

香奈さんが唇を嚙みしめている。

「そういえば」

私が言いかけると、ほかの三人が私に注目した。

「あのイベントで、ジャムの三個セットを作りました。リンゴジャムとイチゴジャムとレモンカード。犯人はそれを買ったんじゃないでしょうか？」

あのイベントはいつもと違ったことがやりたくて、瓶詰の三個セットを作ってみたのだ。いつもはイベントでもばら売りしかやっていない。三個まとめてラッピングし、値段も単体で三つ購入した時より百五十円安く設定した。

「そうよ。優希さん、よく思い出したね。それできっと種類がこの三つなんだ」

香奈さんが感心したように言う。

「あのセット組、思ったほど売れなかったわね。十組用意してラッピングしたけど、結局売れたのは三つか四つでしたっけ？」

先生が聞くので、私は「ちょっと待ってください」と言って立ち上がった。部屋の隅の書類棚のところに行き、イベントの記録を探した。

「あった、あった、これです。……セットは四組しか売れていません」

イベントでは、初めてうちの商品を購入される方が多かった。お試し買いだから、セット買いはなさらない。なので、せっかく作ったセットは売れ残り、イベント終了の直前、ばらして売ることにしたのだ。

「じゃあ、そのセットを買った四人のうち誰かが犯人ってこと？」

「その可能性は高いわ」

先生が答えた。

「誰が買ったか、覚えている？」

「さあ……。あの日はお客さまもすごかったし」

香奈さんと私は顔を見合わせた。私は思い出しながら言う。

「保田《やすだ》さんが買ってくださったのは覚えているけど」

セットが売れていないというのを知って、イベントを見に来た保田さんが同情して買ってくれたのだ。

「その時、いっしょにいた村田さんも買ってくれたんですよね。確か、お友だちへのプレゼントにするっておっしゃっていた」

「あとふたりは誰だったかしら？」

「えっと、保田さんと村田さんがいらしたのは、お昼過ぎ。差し入れを持ってきてくださったから確かだわ。その時、まだ一組も売れていなくて」

香奈さんの言葉を聞いて、私も思い出した。

「そうだ、もう一人は久保《くぼ》さんだ」

お店の常連の久保さんだった。間違いない。

「いらっしゃったのは二時過ぎで、単品のレモンカードが売り切れたのを残念がっていらしたんだわ。それで『セットなら残っていますよ』とお勧めしたら、買ってくださった」

これで三人思い出した。あと一人は誰だったろう？

「確か……閉店ぎりぎりの四時前頃に売れなかったっけ？」

私は思わず香奈さんの顔を見た。そうだ、瓶詰のセットをばらそうとしていたら、「これください」と言ってきた人がいた。

「確かに。シルバーヘアのショートボブ、地味な感じの人だった。そうだ、その人、守屋さんと一緒でした」

私が言うと、守屋さんはきょとんとした顔をしている。

「そうですよ。守屋さんが案内して、こちらに連れてきてくれたんだと思いました」

「えっ、誰だっけ。えっと……そうか、一ノ瀬さんの奥さんだ」

「一ノ瀬さんって、もしかすると和菓子一ノ瀬の？」

先生が尋ねた。和菓子一ノ瀬は、地元では老舗として知られているお店だ。駅の北側に、立派な店舗をかまえる正統派の和菓子屋で、創業以来人気の、栗きんとんと豆大福のふたつが二枚看板だ。地元では知らない人がいないくらいの有名店なので、テレビや雑誌で地元を特集する時は、このふたつは必ずといっていいほど紹介される。最近代替わりした四代目が、新しい創作菓子をいろいろ考案して売り出そうとしていたが、それらはまだ定着していない。

「僕が案内していたのは、三代目の奥さんの佐和子《さわこ》さんです。そう、菜の花食堂の瓶詰っていうのはどこで買えるか、って聞かれたんでした」

「でも、そんな和菓子屋さんがなぜ？」

疑問に思って聞いてみた。守屋さんはちょっと首を傾げたが、

「壁に中間結果が張り出されていたでしょう？　それを見て、気になったんじゃないでしょうか」

と、答えてくれた。今度は先生が守屋さんに尋ねた。

「和菓子一ノ瀬も、イベントには参加していたんですね？」

「もちろん。だけど、一ノ瀬は八位で、〝地元の逸品〟には選ばれなかったんです」

私たちはうーん、とうなった。

「関係者でもこれはちょっと話題になりましたよ。一ノ瀬が外れるなんて、誰も考えていませんでしたから」

怪しい。その、一ノ瀬の三代目の奥さんという人が犯人なのだろうか。

〝地元の逸品〟から外れたことに驚いたし、悔しかった。だから、うちを貶《おとし》めるようなことをしたのだろうか。

「だけど、これは憶測だし、まだ一ノ瀬の奥さんが犯人と決まったわけじゃありませんからね。証拠もないし」

守屋さんに言われるまでもなく、そのことはわかっていた。

「ええ。ですから確かめます」

先生は力強く言った。

「確かめるって、うかつにことを荒立てない方がいいよ。相手は地元の名士だし、ちゃんと証拠がない限り、やったとしても認めないだろうから」

守屋さんが忠告する。すると、先生はぽつりと言った。

「地元で、顔を知られた人だろう、というのは予想していました」

「それはどうして?」

守屋さんが問い返す。

「わざわざ立川とか吉祥寺、国立と、ちょっと離れた場所で問題が発覚してますが、それって変ですよね。うちの商品の八割は市内で売っている。だから、何かあるとしたらまずは市内の店で起こると思うんですよ。三つともほかの地域で、というのはちょっと不自然です」

「それはつまり、地元だとまずいという理由があった？」

守屋さんの言葉に、先生がうなずく。

「ええ。犯人は地元では顔が知られていた。とくに商売人の間では知られた存在だったんじゃないか、と思っていたんです」

「なるほどねえ。それで、自分の正体がばれないように、遠方のお店を選んだのか」

「そういうことだと思います。悪い評判を立てるなら、ほんとは市内で騒ぎを起こした方が効果的だし、うちのダメージも大きいはずです。なのに、こっちでは噂にもなっていない」

「なるほどね。おたくを潰そうとまでは考えておらず、狙いは〝地元の逸品〟からおたくの商品を外すこと、その一点だったんでしょうか」

「そうだと思います」

「どっちにしても、やっかいだね。どう対処すればいいのやら。うっかり告発すれば、逆に名誉毀損で訴えられそうだしね」

「でも、このままほうっておくわけにはいかない。私に考えがあります」

先生の言葉は静かだが力強かった。いままでの経験から、先生は本気だ、と私にはわかった。

その日、先生は珍しく着物を着た。紫に同色の雪輪模様が入った大島に、白い七宝柄の帯を締めている。普段は薄化粧なのに今日はばっちりフルメイクなので、いつもの先生とはまったく違って見える。凛として貫禄もある。お金持ちのマダムみたいだ。

「あらま素敵。下河辺さん、着物がお似合いだわ。私もちゃんとした格好をしてくればよかったかしら」

同行するさくら食品の金井さんが感嘆の声をあげる。金井さんはいつもと変わらない、リネンを重ね着したナチュラルなスタイルだ。

「大丈夫ですよ。金井さんはいつも通りで。私は勝負服で気合を入れているんです」

「じゃあ、行きましょうか」

先生は着物に合わせたような薄紫の絞りの風呂敷包みを手にしていた。

そうして向かった先は和菓子一ノ瀬だった。私と香奈さんは同行しなかったが、あとで金井さんにその後のことを教えてもらった。

訪れた時は、店はすいていたそうだ。先生はカウンターの中に三人いた店員のうち、いちばん年長らしく見える人に声を掛けた。

「申し訳ございませんが、こちらの奥さまを呼んでいただけますか。私、下河辺と申します」

「はい、お待ちください」

四代目は独身なので、奥さまといえば三代目の夫人のことだ。すぐに通じて、店員が呼びに行った。

「私をお呼びでございますか？」

現れたおかみは、とっさに先生だとわからなかったらしく、にこやかに微笑んでいたらしい。その顔を見て、金井さんは先生にうなずいてみせた。やはりその人がさくら食品にクレームをつけた人だった。それを確認するために金井さんに同行してもらったのだ。

「私、菜の花食堂を運営しております下河辺と申します。このたびはうちの商品に不良品があったとのこと、こちらのさくら食品の金井さまから伺いました」

それを聞いて、おかみは先生の顔をじっとみつめ「あっ」と小さな声を上げた。顔色は真っ青になった。

「ほんとうに、みるみる青くなったのよ。顔色が変わるってこのことだ、と思ったわ」

　とは、あとから金井さんから聞いた話だ。

「たいへん申し訳ございません。謝罪は不要と伺いましたが、なんでも立川や吉祥寺のお店でも同様の不良品にあたってしまったとか。さすがに申し訳なく、ご近所でもありますし、これは一度ご挨拶に伺わなければ、と参上した次第です」

　そうして先生は風呂敷包みを開けると、中から品物を取り出した。うちの瓶詰ジャムの三点セットだ。

「お詫びに、こちらをお持ちしました。そちらさまは結局お召し上がりになれなかったと思いますので。うちのスタッフが心をこめて作ったものですから、ぜひご賞味いただきたいと思います」

　そうして、商品を渡すと、おかみは受け取ったものの、その重みに耐えきれずといったように、へたへたとその場にしゃがみこんでしまったらしい。

「ご近所ですし、何かの折にお会いすることもあると思います。これに懲りず、今後ともおつきあいのほど、よろしくお願いいたします」

そう言い残してお店を出たそうだ。その時の先生は颯爽として、とてもかっこよかった、と金井さんは言っていた。

「これでもうやらなくなるといいのですが」

「さすがに懲りたでしょう。こちらは証人を連れて行ったわけだし、吉祥寺と立川のこともわかっている、と釘を刺したわけだから」

「じゃあ、これで一件落着でしょうか」

「たぶんね」

しかし、それでは終わらなかった。その日の夜、次の料理教室のメニューを私と先生で相談していると、玄関のチャイムが鳴った。

「こんな夜に誰でしょう？」

先生が玄関を開けると、そこには見知らぬ男性と年配の女性が立っていた。

「これはこれは……」

先生が絶句していると、男性がこわばった顔で名乗った。

「私、和菓子一ノ瀬の当主の一ノ瀬武志です。このたびは母がとんでもないことをしでかし、お詫びの言葉もありません。ふたりで謝罪にまいりました。たいへん申し訳ありませんでした」

そうして、いきなり地面に座ると、長身を折り曲げるようにして頭を下げた。後ろの女性、おかみも同じ姿勢を取った。いわゆる土下座だ。生まれて初めて土下座する人を目の当たりにして、私はあっけにとられた。先生もぽかんとしてそれを眺めている。

ふたりは頭を下げたままだ。先生がいいと言うまでずっとそこで頭を下げ続けているのかもしれない。

「どうぞ立ってください。お気持ちはわかりましたから」

「いえ、ほんとうにどうやってお詫びをしていいものやら。同じ食品を売る者として、うちの母のやったことは決して許されないことだと思います。申し訳ない気持ちでいっぱいです」

そうして、一度上げた頭をまた下げる。後ろの女性も頭を下げたままだ。

「そうして、そこで土下座されると、かえって困ります。まるで私たちがそちらに強要しているみたいで。そんなことは望みません。もう、やめてください」

先生にそう言われて、ふたりはようやく立ち上がった。

「ほんとうに、もう終わったことですから。それより、もう二度とやらない、と約束してください」

「もちろん、二度とこんなことはさせません。今度やったら親子の縁を切る、と言いました」

四代目が立ち上がったのでその顔がよく見えた。目元涼しく、鼻筋も通っている。長身で体格はがっしりしており、イケメンと騒がれそうな恵まれた容姿だ。

「母はうちの商品にプライドを持っているので、〝地元の逸品〟にうちが選ばれなかったことにとてもショックを受けたそうです。うちは商工会の会長をしていますし、恥ずかしくて立つ瀬がない、と。だからといって、そちらさまにご迷惑を掛けていいということではないし、やり方が卑劣だ、と言い聞かせました」

「ほんとにそうですね」

私は思わず口に出した。

「申し訳ありません」

四代目はまた頭を下げた。そして、顔を上げると、まっすぐ先生の目を見て言った。

「それに、私自身は今回選ばれなかったこと、うちにとっては良いことだと思っているんです」

その言葉に、それまで気配を消していたおかみが顔を上げ、驚いた表情で息子を見た。

「というと？」

　先生は興味深げな顔をしている。

「うちは長いこと老舗ののれんに胡坐《あぐら》をかいて、時流に合わせた商品開発をしてこなかったんです。私が新商品を売り出そうとしても、反対する人もいるくらいですから。今回のイベントでも、うちの栗きんとんと豆大福が選ばれないわけはない、とみんな軽く考えていたんですね。だけど、お客さまはそうは判断しなかった。もっと新しいものを求めている、ということがはっきりした。私がやろうとすることが正しいと証明されたようなものです」

　おそらく店を継いだばかりの四代目は、まだみんなの信頼を勝ち得ておらず、自分の意見をなかなか通せないのだ。だからこの事態を機に、店のやり方を変えていこうとしているのだろう。

「商工会議所では今回のイベントの成功に気をよくして、二年後にまた新しく〝地元の逸品〟を選定するそうです。その時こそうちの商品が選ばれるように、いまから精進します」

　四代目の言葉は力強く、迷いがない。店をもっとよくしていく、という覚悟が感じられる。おかみの方は呆然としている。

「そうね。それでこそ〝地元の逸品〟をやる意味があるというものね」

先生はそう言って微笑んだ。どうやら先生は四代目が気に入ったらしい。私も同じだ。おかみのやったことはいまでも許せない。でも、ちょっと芝居がかっているが、四代目はフェアで潔い人だ。この人が見張っていれば、おかみも悪いことはしないだろう。

「それから、今回のお詫びというわけでもないのですが、ひとつ提案があるのです」

「というと？」

「おたくの商品をうちで扱わせていただけないでしょうか？」

横で聞いていた私は思わず声を出した。

「えっ、ほんとですか？」

「はい、いただいたジャムを試食させていただきましたが、とてもおいしいと思いました。きっとうちのお客さまにも喜ばれると思います。大事に売らせていただきますので、どうぞおつきあいをお願いします」

願ってもないことだった。和菓子一ノ瀬は市内に三店舗あるが、どれもいい立地に店をかまえている。そこで売ってもらえるのは、とてもありがたい。

「こちらこそ、どうぞよろしくお願いします」

こうして事件は手打ちになった。

だが、それ以外の後始末もあった。実際にクレームがあったお店と、それ以外にもつきあいのあるお店に今回のことがゆがんで伝わらないよう、ちゃんと説明する必要があった。これについては、守屋さんが大きな力になってくれた。噂が変なかたちで広まらないよう、それぞれの店に電話して説明してくれた。今回のことは悪質ないたずらであること、犯人がわかり、事件は解決したこと、うちは被害者で何も落ち度がないことなど。さすがに犯人の名前は出せなかったが、守屋さんの説明でみんな納得してくれたようだ。

あらためてうちがそれぞれのお店に挨拶に行くと、

「たいへんでしたね」

「自分の店にそんなことがあったら、と思うと、ぞっとしました」

と、みんな口々に同情してくれる。そうして、前より多くの商品を仕入れてくれるところも少なくなかった。立川と吉祥寺のショップにも、守屋さんが同行して説明してくれたので、取引が再開されることになった。

好意的だったのはつきあいのある店ばかりではなかった。今回の件で犯人の名前こそ伝わらなかったが、うちが被害にあった噂は地元で広まったらしい。それで、あるお店から新たに取引を申し込まれたのだ。同情してくださったのかと思ったが、そうではなかった。

「菜の花食堂さんは偉いですね。こういうことがあると、つい隠してしまおうと思うのに、おたくはありのまま守屋さんに説明されたそうじゃないですか。なかなかできないことです。だから、おつきあいをしたいと思ったのですよ」

この騒動の最中は胃が痛くなるような思いをしたし、犯人をまだ完全に許す気持ちにはなっていない。だけど、期せずして瓶詰の取扱店を増やすことになったのだ。それだけは感謝したい。


「やっぱり先生は正しかったです。トラブルがあっても、隠しちゃいけないんですね」

「そうよ。結局商売というのは信用がいちばんですから。嘘やごまかしは信用を傷つける。それだけはやっちゃいけないことよ」

「そうですね。ほんと、今回はそれを痛感しました」

「さあ、お茶にしましょうか。一ノ瀬さんが持ってきてくださった新作和菓子、いただきましょう」

「じゃあ、私、日本茶を淹れます」

「そう、お願いするわ」

つい先日までは、胸が苦しくなるような日々だったが、それも終わった。瓶詰を扱ってくれるお店も増えたし、これからもっとよくなりそうだ。

私は我知らず鼻歌を歌いながら、お茶の用意をしていた。

玉ねぎは二つの顔を持つ

次の料理教室のテーマを玉ねぎにしてください、と言ったのは、村田さんだった。

「最近、夫の血圧が高くて気になっているんですよ。高血圧には、玉ねぎをたくさん食べるといいって聞いたので、玉ねぎ料理を教えてほしいんです」

「玉ねぎねぇ」

先生はちょっと首を傾げた。

「玉ねぎって毎日使わない日はないくらい出番が多いでしょ？　肉料理には欠かせない名脇役だし。それをテーマにするって、かえって難しいわね」

「ダメでしょうか？」

「ダメってことはないわ。前向きに考えてみます」

先生はそうおっしゃったが、やはり悩まれたようだった。うちの料理教室では、あまり馴染みのない食材の使い方や、お馴染みの食材でもふだんあまり作らない料理法を取り上げることが多い。だから、玉ねぎのような食材はかえって扱いが難しいのだ。

「玉ねぎを主役にした料理はどれもポピュラーだし、わざわざここで扱うのもどうかと思うけど、みじん切りのやり方や灰汁《あく》の抜き方などのおさらいをするのにはいいかもしれないわね」

玉ねぎが主役、ポピュラーだけど意外と作らないもの、ということで考えたのが、次のメニューだ。

玉ねぎのステーキ、玉ねぎとカイワレとトマトのサラダ、玉ねぎの胡麻酢和え、オニオングラタン、玉ねぎのフライ、玉ねぎとベーコンのパンケーキ。

「時間が掛かるので料理教室では作らないけど、玉ねぎ氷も紹介しましょうか。玉ねぎをたくさん摂りたい方にはいいと思うし」

「玉ねぎ氷ってなんですか？」

「玉ねぎを炒めて、冷凍にしたもの。炒め物やスープに入れたり、ドレッシングに混ぜたりして、手軽に玉ねぎを摂取できる、というものなの。血圧の高い人にはよく知られているわ。身体にいいというだけじゃなく、味に深みを加えるのにもいいから、血圧に異常がなくても、作っておくと便利なものなのよ」

「なるほど、そうなんですね」

「だけど、玉ねぎがテーマで生徒さん、集まるかしらねえ。あまりにありふれているから、いまさら習わなくてもいいと思われるんじゃないかしら」

先生は気をもんでいたが、杞憂であった。告知されると、いつものように一日で定員に達した。扱うテーマがなんであれ、必ずうちの料理教室に参加することに決めている生徒さんが増えてきているので、ほぼ常連さんで埋まってしまった。新規で参加したのは、まだ新婚だという小松原《こまつばら》さつきさんだけだった。

「仕事がお休みの日が重なって、ちょうどよかったです」

という小松原さんは、渋谷のファッションビルの中のショップに勤めている。ファッションに興味がある人らしく、服装や持ち物のセンスがいい。なにげないボーダーのプルオーバーとパンツというスタイルだが、上質な素材であることはひと目でわかるし、袖や裾の長さやゆとりもちゃんと計算している。そして、服装に合わせたカーキのエプロンも素敵だった。服装だけでなく、野菜を切ったり、炒めたりするポーズもさまになっている。料理が得意な人のように見える。

料理が終わって試食タイムになった時、私は小松原さんと同じテーブルに着いた。初めての人が試食タイムの時に孤立しないように、なるべく同席しようと思っているのだ。同じ席に、先生と常連の村田さんも座った。

「どれもおいしいです」

小松原さんは嬉しそうな顔で料理を食べている。

「玉ねぎのサラダはたまに作るんですけど、水にさらす時間が大事なんですね。私が作るといつも辛味が抜けすぎて、物足りなくなってしまうんです」

「そう、このシャキシャキした感じがいいのよね」

村田さんが同意する。

「ほんとにおいしいものを食べると、耳の下がきゅっとなりませんか？　今日の料理はどれもそんな感じです」

「耳の下？　私はわからないけど」

村田さんが首を傾げる。私もよくわからない。

「そうなんですか？　私はたまにあるんですけど」

今度は小松原さんが首を傾げた。先生が微笑みながら説明する。

「ああ、それはね、耳の下に唾液腺があって、おいしいものや酸っぱいものを食べたり、思い浮かべたりすると、過剰に唾液が分泌されるからなんですって。それで、人によってはそれを痛みと感じることもあるらしいわ」

「先生、お詳しいですね」

私は思わず言う。自分ではそういう経験はないし、そんなことがあることも知らなかった。

「実は私自身もそれを感じるタイプなので、調べたことがあるの。耳の下だけじゃなく、顎とか舌の下にも唾液腺があるから、そういう部分に痛みを感じる人もいるんですって」

「へえ、全然知りませんでした。やっぱり感覚の鋭い人がなるんですかねえ？」

村田さんが先生に聞く。

「どうでしょうか。感覚っていうのはほんとに人それぞれだし、ほかの人の感覚がどうかというのはわからないものですから。うちの家族でも息子は私と同じだったけど、娘はそんなことない、と言ってましたし。息子の方が私同様、味にはうるさかったですよ」

先生の息子さんは陶芸のプロだ。やはり感覚は鋭いのだろう。

「だったら小松原さんも味覚が鋭いんですね」

「さあ、どうでしょうか」

「もしかすると、レシピを見ないでレストランの味を再現できるとか、そういうタイプですか？」

ふと思いついて聞いてみた。料理上手な人はそういう人が多い。菜の花食堂のもうひとりの料理人の香奈さんも、そういうタイプである。たまにふたりで研究のために人気レストランに食べに行き、帰ってから香奈さんがそれを再現してみせる。いつもかなり近い味に仕上げていた。

「えっ、ええまあ。わりと記憶だけで近いものができる自信はあります」

「それだったら、わざわざ料理教室に来る必要もなかったんじゃないですか？」

思わず私はそう言った。私もそういうタイプだったらいいのに、と思うが、残念ながら違う。

「いえ、私の料理は自己流なんです。母が中学の時に亡くなったので、毎日炊事はやっていたんですけど、習ったわけじゃないのですべて適当なんですよ。調味料も量らずに、味見して適当に足したり」

「それでちゃんとできるなら、それでもいいと思いますが」

「自分だけならいいんですけど、結婚して夫もいるし、そのうち義母《ぎぼ》とも同居すると思うので、いまのうちにちゃんと習っておかなきゃ、と思ったんです」

「義理のお母さんと同居？　それはたいへんね」

横から村田さんが会話に入ってきた。

「いろいろ気を遣うことになるわね」

村田さんも結婚してすぐ夫の両親と同居したが、口うるさい姑《しゅうとめ》だったので、なにかとたいへんだったようだ。舅姑《きゅうこ》が亡くなったいまでも、たまにその当時の愚痴が出てくる。

「いいえ、私は最初からお義母《かあ》さんと同居するものだと思っていましたから」

小松原さんが夫と知り合ったのは、婚活アプリだそうである。だから、最初から義母と同居ということは知らされていたのだそうだ。

「よくその条件で選んだわね。私がいま結婚相手を選ぶんだったら、絶対別居じゃなきゃ嫌だと思う」

村田さんの意見に私も賛成だ。介護などの必要が出てきたら同居もやむなしと思うが、できれば別々に暮らしたい。少なくとも新婚当初は別居がいい。私の場合、相手が決まっていないので、そんなことを考えるだけ無駄かもしれないが。

「私は逆です。ずっと父とふたりきりで寂しかったので、どうせ同居するなら早い方がいいと思っていました。家事全般いろいろ教えてもらいたいし、にぎやかな家庭にあこがれていましたから。もちろん気の合う人じゃなきゃ嫌ですけど」

「じゃあ、いまいち合わない人だったってこと？」

まだ小松原さんは義母とは別居中だ。小松原さんたちは駅に近いマンションに住み、お義母さんは駅から少し離れた一軒家に住んでいるという。

「いえ、そんなことないです。義母とは最初からウマが合って、むしろ夫よりも仲がいいくらい。よく一緒に外食したり、先月は夫が一週間出張でいなかったので、ふたりで箱根の温泉に旅行したんですよ」

「へー、そういう嫁姑もいるんですね」

村田さんは信じられない、という顔をした。

「ずっと娘が欲しかったんですって。私が仕事することにも理解があるし、ほんとにいいお義母さんなんです」

「じゃあ、どうして同居していないの？」

「昨年義父《ぎふ》が亡くなったので、しばらくは自由な生活を楽しみたいらしいです。年寄りの一人暮らしは物騒じゃないかって、夫は心配してるんですけどね。夫に言わせれば、義母は世間知らずなお嬢さんがそのまま大きくなったような人だからって」

「そういう方なの？」

「そうですね。しゃべっていて、年の差をあんまり感じないんです。おっとりしているというか、かわいらしい人なんですよ」

そういう小松原さんはしっかりした印象で、私より一つ年下だが、むしろ年上に感じる。

「だけど、料理はすごくちゃんとしているんです。モヤシのヒゲを取るなんてこと、私考えたこともなかった。それに、カレーを作るにしても、ちゃんと材料の重さを量って、それでルーの数を決めたりするんですよ。私、そんなこと、したこともなかった。適当に味見して、ルーが足りなければ追加する、みたいなことをずっとやってきたし」

「あら、それがふつうでしょ？　私だってモヤシのヒゲなんか取らないし、カレーでもシチューでも適当にやっているわ。作り方の説明なんて読んだこともない」

村田さんの言葉に、小松原さんはちょっと驚いたようだ。

「そうなんですか？」

「そうですよ。ねえ、先生？」

「そうね、説明書やレシピ通りに作れば間違いはないけど、私も舌の感覚の方を信じるわ。必ずしもレシピの味が自分の好みとは限らないし、インスタントのカレーでも、自分なりの味付けを足したいと思うから」

「そうなんですね」

先生の話を聞いて、小松原さんはほっとしたようだった。

「私、親から家事を習わなかったことがコンプレックスなんです。料理だけじゃなく、掃除とか洗濯とか、自己流で雑にやってきたし。それに、お正月とか年中行事みたいなこともずっと省略してきました。なので、お正月に手作りのおせち料理にちゃんとお屠蘇をいただいたのは、今年が初めてなんです。それにお義母さんの若い頃の着物を着せていただいたので、しみじみお正月っていいな、と思いました。だから、自分でもそういうことができるようになって、自分の子どもにも伝えたいと思うんですよ」

「なるほどね。いろいろ教えてもらいたいというのなら、早くから同居するというのもいいのかもしれないわね。そんないいお嫁さん、なかなかいないわね。なのに同居しないというのは、こだわりの強い人なのかしら。きちんとした人は、自分のテリトリーにほかの人が足を踏み入れるのを嫌がるそうだし」

村田さんの疑問に小松原さんは笑顔で答える。

「そうでもないんですよ。たまに家で食事作る時は、私に仕上げや味付けをまかせてくれますし、掃除や片付けを手伝うと、すごく喜んでくれますし」

「だったら、なおのこと不思議ね。同居した方が経済的にも安上がりなのにね」

「まあまあ、それぞれのおうちに事情があるのよ。それより、食事が終わったなら、お皿を片付けましょう」

先生に言われて、小松原さんと村田さんは立ち上がり、お皿をテーブルに運んだ。

数日後、私は坂上にある川島悟朗《かわしまごろう》さんのアパートに出掛けた。川島さんは、雑誌の編集者をしている人だ。実家は茨城で農家をしている。月に一度、実家から野菜がたくさん送られてくるのだが、川島さんは忙しいし料理が苦手なので、それを持て余している。それで、川島さんの代わりに私がその野菜を使って料理をしているのだ。恋人ではないので、もちろんアルバイト代はもらっている。始めたばかりの頃は、野菜のメニューを考えるのにかなり時間が掛かった。一年以上経ったいまではそれにも慣れてきたし、川島さんの好みもわかってきたので、ずいぶんとやりやすくなった。

大家さんである保田さんから鍵を借りて、川島さんの部屋に上がる。川島さんは忙しいので、留守の間に料理を作っておくのだ。最初の頃は独身男性の部屋に上がりこむことに抵抗があったが、いまはもう平気になった。川島さんのキッチンはあまり使われた様子がない。出来合いのお惣菜を買ってくるか、外食で済ますことも多いらしい。だから、ひと月前に私が片付けたままの形で鍋やフライパンが置かれていたりする。

それを見ると、川島さんは今月も忙しかったんだな、と思うし、私がやっていることが役に立っている、と思う。野菜をたっぷり使った手料理を食べられることは、川島さんの健康維持にはいい影響を与えているだろう。

部屋のテーブルの上には、いつものように手紙が載っていた。川島さんからのメッセージだ。

いつもありがとうございます。前回はパプリカの肉詰めがとてもうまかったです。それに、ピクルスも。実はピクルスはあまり好きじゃなかったんですが、館林さんの作るピクルスを食べて考えが変わりました。やさしい味で、酒のつまみにもなりますね。また今回もピクルスを作っておいてください。

川島さんのいいところは、こうして褒めてくれるところだ。お金を払ったんだからやってくれて当然、みたいな態度は絶対に取らない。いつもとても喜んでくれる。だから、やりがいがあるし、次はもっとおいしいものを作ろう、という気持ちになる。

シンクの下の開き戸を開ける。勝手知ったる他人の台所、だ。

ところが中を見て、ぎくっとした。鍋やフライパンの位置が大きく変わっている。誰か触ったのだ。

どうしたんだろう？　川島さん、自分で料理したんだろうか？

冷蔵庫を開ける。そこに開封したみりんや醬油を入れてあるのだが、前に来た時よりあきらかに減っている。みそが少し残っていたのに、無くなっている。それに、いままで見たことのない、牛乳の使いかけのパックが置かれていた。

こころがざわざわした。誰かがここで料理をしたのだ。

川島さんだろうか？　それとも、ほかの人？

キッチンのテーブルの横にあった段ボール箱を見る。封が開けられていて、中に野菜が入っていた。しかし、いつもなら段ボール箱いっぱい野菜が入っているのだが、今回は少し減っている。いくつか野菜を使ったような感じだ。

中にはメモが入っている。川島さんのおかあさんが、送った野菜の種類を書き入れているのだ。

じゃがいも　十個

人参　三本

玉ねぎ　十個

白菜　一つ

キャベツ　一つ
芽キャベツ　一袋
ほうれん草、小松菜　各一束
カリフラワー、ブロッコリー　各一個
くわい　三個

メモと段ボール箱の中身を照らし合わせる。じゃがいもと人参、芽キャベツとカリフラワーが減っている。

この内容だと、シチューかポトフでも作ったのだろうか？　牛乳を使ったとしたら、ホワイトシチューかもしれない。

目玉焼きも作らない川島さんが、ホワイトシチューを作るわけはないだろう。遊びに来た彼女か誰かが作るメニューとしたら、ちょうどいいかも。簡単だし、ボリュームもあって満足感が高い。それに、川島さんはクリーム系の料理が好きだし。

だけど、そういう人ができたなら、私の仕事はいらなくなる。私じゃなく、彼女に作ってもらえばいいのだから。

なぜか胸がずきんと痛んだ。

川島さんに彼女ができたら、このアルバイトも辞めようと思っていた。もし自分が川島さんの彼女だったら、別の女性の作った料理を食べてほしいとは思わない。お世話になっている川島さんの恋路を邪魔するようなことはしたくないから、その時はアルバイトも終わりだ、と覚悟していた。

だけど、いざそれが現実になるかもしれない、と思っただけで、悲しい気持ちになった。自分で思っていた以上に、ここで料理をすることが好きだったのだ。川島さんが喜んでくれるように考えながら、メニューを工夫する。そして、予想どおり気に入ってもらえると「やったー」と嬉しい気持ちになる。割のいいアルバイトのつもりだったけど、それ以上に誰かに喜んでもらうのは嬉しいことだったのだ。

私は頭を振って、その気持ちを追い出した。

もしかしたら、勘違いかもしれない。彼女じゃなく、妹さんとか、料理の得意な男友だちが作ってくれたのかもしれない。だから、まだ辞めると決まったわけじゃない。川島さんは何も言っていないし。

向こうから言われるまでは、このまま仕事を続けよう。今日はまだ自分の仕事をちゃんとやろう。

そうして、私は段ボール箱から玉ねぎを取り出した。料理教室で覚えた玉ねぎの胡麻酢和えを作るつもりだった。そして、玉ねぎを切っているとそれが目に染みて、涙が出てきた。

いつもなら、玉ねぎを切ったくらいでは涙が出てこないのに。

包丁の切れ味が悪いからかな。

私は手を休めて、人差し指で涙をぬぐった。

料理を終えて、作ったものをタッパーに詰めたり、冷凍したり、冷蔵庫に入れたりする作業をした。そして、いつも通り作ったものの食べ方や解凍法などをメモに残すと、部屋を出た。

あと何回、ここに来られるかな。来月も私の出番はあるかしら。

そう思いながら、鍵を閉めた。そして、その鍵を大家さんの保田さんのところに返しに行った。

「保田さん、保田さん」

何度か呼んだが、奥からは誰も出てこない。

困ったな。預かった鍵だから、その辺に置いておくわけにもいかないし。

そう思いながら、保田さんの玄関の前で立ち尽くしていると、

「あら、もう終わったの？」

と、保田さんの奥さんが外から戻ってきた。

「はい。今月分、終了です」

私は意識的に明るい声を出した。

「ごめんなさいね。実はちょっと町内で騒ぎがあってね。うちは町内会長だから、ことの次第を確認に行ってたのよ」

「騒ぎって、何があったんですか？」

「この先の角のうち、小松原さんっていうんだけど、真っ昼間から空き巣に入られたって話でね」

「小松原さん？」

聞いたことのある名前だ、と思った。誰だっただろう？

「それでどんな様子だったか、確認に行ったんだよ。小松原さん、年寄りの一人暮らしだし、大丈夫かと思ってね」

「それで、どうだったんですか？」

「うん、空き巣には入られたものの、実際は何も盗られなかったんだよ。小松原さん、いつもの体操教室に行こうとして駅まで出掛けたんだけど、忘れ物をして、家に引き返したんだって。そうしたら玄関の鍵が開いていて、おかしいな、と思いながら家の中に入ったら、奥の窓から誰か逃げだすところだったそうよ。びっくりして声も出なくて、しばらく茫然としていたそうなんだけど、でも、それでよかったわ。下手に騒ぎたてると、居直って、攻撃してくるかもしれませんからね」

「ああ、そういえばパトカーの音がさっきしていましたっけ」

小一時間ほど前にパトカーのサイレンが聞こえたが、料理に集中していたので、あまり気にしていなかった。でも、意外と近いと思った覚えがある。

「何も盗られなかったし、小松原さんに怪我もなかったのはよかったけど、昼間っから物騒な話よね」

「その方、大丈夫ですか？　精神的にショックでしょうね」

「私もそれが心配だったので、警察が帰っても付き添っていたの。小松原さん、怯えていたし。でも、お嫁さんが来てくれたので、バトンタッチして帰ってきた。息子さん夫婦は駅の近くの賃貸マンションに住んでいて、お嫁さんの方は今日はちょうど仕事が休みの日だったんだって」

「小松原さん、思い出した。前回の料理教室に来ていた生徒さんだわ。センスのいい、きれいな人でしょう？」

舌だけで味を再現できると言ってた人だ。

「ああ、そうだよ。小松原さんとも仲良くやってるみたいで、いいお嫁さんをもらったっていつも自慢しているよ」

「一緒に旅行に行くくらい、嫁姑仲がいいんですってね」

「そうなんだよ。なのに、なぜ同居しないんだろうね。小松原さん、一人暮らしには向いてないし、あの家は二世帯住宅にしても十分な広さがあるのに」

この辺りは農家も何軒か残っているが、その間を縫うように住宅街が広がっている。バブル期より前に宅地開発された地域なので、一軒の広さが五十坪六十坪ある。東京にしては広い。近年売りに出される新築物件の多くは、その半分くらいの広さだ。だが、この辺も売りに出された当時は決して贅沢な物件ではなく、中堅どころのサラリーマンが購入できるくらいの価格だったらしい。小松原さんのお宅もそうして購入された一軒なのだろう。

「でも、こういうことがあったら、同居するだろうね。息子さん夫婦は同居してもいいって言ってるんだから、いまどき幸せな話だよ」

しかし、保田さんのその予言は当たらなかった。

「やっぱり同居は嫌だ、って義母は言うんです。ホームセキュリティの会社と契約したし、玄関の鍵も替えて窓も簡単には破られないように防犯フィルムを張ったから大丈夫だって」

翌月の料理教室に来た小松原さんがそう言って嘆いた。試食のテーブルには、偶然前回と同じメンバーが着いていた。

「まあ、そのお義母さんの気持ちはわからないじゃないよ。ずっと家族のために働いてきたなら、一人でのんびり暮らしたいのかもしれないね」

村田さんはそう弁護をする。

「私も、それができる間は自由を満喫したいと思うよ。息子夫婦と一緒だと、どうしても気兼ねするだろうからねぇ」

「だけど、空き巣事件のあと、お義母さんはしょっちゅう家に泊まりに来るようになったんです。私たちと過ごすのが嫌だ、というわけじゃないと思うんですけど」

「おや、それは不思議だね。だったら、同居するのも同じなのにね」

村田さんの言葉に私も同意見だったので、先生に質問してみた。

「なんでなんでしょうか？　先生はどうお考えになります？」

先生は洞察力が鋭くて、こういう時にはいつも的確な答えをみつけてくれる。

「そうねえ。それぞれお考えがあるでしょうから、あんまり理由を詮索するのもねえ」

先生は謎解きは得意だが、それをひけらかすようなことはしない。むしろ、その力を隠したがる。目立つのがお嫌いなのか、人の秘密を暴くようなことが嫌なのか、よくわからない。

「だけど、理由がわかれば私もそれを改めることができます。いずれは同居したいと思うし、お義母さんが不満に思う理由があるなら、それを知りたいんです」

「なるほどね。そういうことならちょっと考えてみますけど、お義母さまは料理がお得意なんですね」

「ええ。二、三度ご馳走になっていますが、ちゃんとした家庭料理ってこういうものか、と思いました。わかめの茎の部分やモヤシのヒゲを取ったり、鶏肉を使う前に洗ったり。自己流でやってきた私とは、やっぱり違うなあ、と思いました」

「それ、ご本人にお伝えしたの？」

「ええ、すごく感動したので、その場でお話ししたんです」

「それで反応は？」

「恐縮されてました。私は古い人間だから、うまく手を抜くことができないだけだ、っておっしゃったんです」

「そう。じゃあ、お義母さまはとても丁寧な仕事をする方なんですね」

「ええ。でも、夫に言わせれば割といい加減だし、たまにポカをすることもあるんだそうです。玉ねぎを水にさらすのを忘れて苦いサラダを作ったり、塩抜きを忘れてしょっからいモズクを食べさせられたこともあったそうです」

「まあ、それくらいなら、誰にでもある失敗ですよね」

「そうそう、夫が子どもの頃、食中毒をおこしたこともあるそうですよ」

「食中毒？」

「食中毒というとちょっと大げさかもしれませんが、鶏肉が傷んでいたことに気づかなくて、義母と義兄がひどい下痢になったんですって。古い話だし、夫は笑い話として語ってましたけど、義母はそれがとても嫌そうでした。賞味期限内だったと義母は言ってましたが、それでも悪くなってることがあるんですね」

「あら、お義兄さんもいらっしゃるんですね」

「ええ。でも学生時代からアメリカに渡って、そのまま向こうで就職して、結婚もしているんです。いまさらせせこましい日本には帰る気がしない。財産はおまえに譲るから、おふくろの面倒は頼む、と夫に言ってるんです。何事もおおざっぱな人らしいので、アメリカの方が楽なんでしょうね。食事も、毎日テレビディナーでも平気だそうですし」

テレビディナーというのは、メインや副菜などが一皿にセットされ、それだけで一食分になる冷凍食品のことだ。電子レンジで温めるだけで食べられるお手軽な料理で、アメリカでは一般的らしい。私は食べたことがないし、食べようとも思わない。冷凍食品の野菜料理は、味に期待ができないと思うからだ。

「そう、それでお義母さまと同居するということに、旦那さんはこだわっているんですね」

「ええ、お義兄さんとの約束ですし、何より頼りない義母が心配だ、と」

「なるほどねえ。旦那さんから見るお義母さまと、さつきさんが見るお義母さまではちょっと印象が違いますね」

「そうですねえ。私は母親という存在が嬉しくて、つい理想化しているようなところがあるのかもしれません」

さつきさんは頭のいい人だ、と思う。なかなかそんなふうに自己分析できる人は少ない。

「そういうことは嬉しい反面、ちょっと気疲れするところもあるんですよ。年を取るとなおのことね。お義母さまは、あなたに期待されていると思うから、実は面倒な料理も頑張って作らなきゃ、と思っているんじゃないかしら？」

先生の言葉に、さつきさんははっとしたようだ。

「確かにそうかも」

「何か思い当たるところがあるんですか？」

「ええ、この前、泥棒騒ぎで突然義母の家に行った時、見ちゃったんです。冷蔵庫の中にコンビニのお弁当があるのを」

「コンビニ弁当？」

「私も夫もコンビニ弁当の味が好きじゃないので、絶対に買わないんです。それくらいなら、お茶漬けでも食べていた方がましだと思いますし。なので、お義母さんが買ってるのを見た時、ちょっとショックでした」

「でしょうね。あなたは味に敏感だし、料理もてきぱき作ってしまう。だから、お義母さまは言い出せなかったんじゃないですか？　料理なんて面倒だって」

さつきさんは驚いたように、しばらく沈黙した。

「年を取ると、若い頃できていたことでも、面倒になることは多いのよ。さつきさんが素直に自分を尊敬してくれるから、いい格好もしたいし、たまにのことだから頑張る。お義母さまにも専業主婦だったという誇りがありますからね。だけど、それが毎日だとつらい、って思っているんじゃないかしらねえ」

「そう……かもしれません」

「だったらね、むしろ『同居したら、食事のことは全部私にまかせてください。味付けなんかも、私がやりますから』とお伝えするといいと思うのよ。『お義母さんから習いたいことはほかにもいろいろあるから、そこだけは自分が引き受けます』って」

「それでいいのでしょうか？　むしろ、自分のペースを崩されるのが嫌だから、反対なさっているのでは？」

「それなら、しょっちゅう泊まりにきたりはしませんよ。泊まりにきた時は、あなたが食事を作るんでしょう？　その時、いろいろ注文つけたりされるんですか？」

「いいえ、何を作っても『おいしい、おいしい』って褒めてくれるんです。私が失敗したと思う時でも『さつきさんは料理が上手ね』って。私に気を遣ってくださってるんだろうと思うのですが」

「だったら、やっぱり私の言った通りにお伝えしてみて。きっと怒ったりはしないと思いますから」

「わかりました」

さつきさんは半信半疑の顔をしていたが、とりあえず承諾した。

そして、それから数日後、さつきさんから電話が掛かってきて、『義母との同居が決まった』と伝えてくれた。先生の言った通りに伝えたところ、同居を承諾した、とのことだった。

『だけど、ほんとにそれでいいんでしょうか？　その家に伝わってきた家庭の味というものもあると思うんですけど』

さつきさんは、そう先生に聞いたそうだ。

「いいのよ。もし、そうして伝えたいと思うものがあれば、お義母さまは自分から話をするでしょうから。おせち料理のような伝統的な行事食などは、教えてもらえばいい。だけど、毎日の食事となると別。昔と違って食材も調味料も増えているし、いまの人はいろんなものを食べているから、昔通りのものをおいしいと思うとは限らない。だから、あなたがおいしいと思うものを作ればいいの。それを家族もおいしいと言ったら、それがあなたの家の味になっていく。家庭の味はあなたと、あなたの家族が作っていくものなのよ」

『家庭の味は私が作る……』

「それと、あなたの旦那さんとね。旦那さんにも料理を作ってもらえばいい。昔と違って、奥さんだけが料理をするという時代じゃないしね。あなたの旦那さんは味にこだわりがあるようだから、きっと料理の上達も早いと思うわ」

『だけど、それでお義母さんは満足してくださるでしょうか？　お義母さんは自分のやってきた味付けがあるし、丁寧な食事作りをやっていらしたのに、私がすっかり変えてしまうというのは……』

「大丈夫。お義母さまはあなたにまかせて楽ができるならそれでかまわない、と思っているはず」

『そうでしょうか』

「味付けはさつきさんがするって言っても、反対されなかったんでしょう？」

『ええ、まあ』

「だったら、大丈夫。嫁に自分の味を継いでもらいたいという人ばかりじゃないの。おいしいものを作ってくれるなら、なんでもいいという人だっているのよ。年取ってくると、とくにね」

そうして電話を切ったらしい。なぜ、先生の言葉でお義母さんが納得されたのか、私はまだ釈然としない感じだったが、先生はそれ以上話してくださらなかった。

それから数日後、ランチタイムが終わる頃に、お客さまが現れた。五十代後半か六十代くらいの上品な女性で、シルバーヘアに濃紺のワンピースをすっきり着こなしている。初めて見る顔だった。お客さまはランチを注文したあと、私にこう言った。

「あの、もしお手すきなら、下河辺さんにご挨拶したいんですけど」

下河辺さんと言うからには、おそらく靖子先生の知り合いだろう、と私は思った。

「かしこまりました。では、呼んでまいります」

そう伝えると、私はキッチンの方へ行き、先生に声を掛けた。

「あの、いまお店にいらしたお客さまが、先生にご挨拶したい、とおっしゃっているんですけど」

「まあ、どなたかしら？　館林さん、知ってる方？」

「いえ、初めてのお客さまだと思います」

「じゃあ、行ってみるわ。香奈さん、あとはお願いね」

そう告げると、先生はフロアの方に出てきた。お客さまは先生の顔を見ると、満面の笑みを浮かべた。

「下河辺さん、お久しぶり」

「まあ、小松原さん、おなつかしい」

　小松原という名前を聞いて、私ははっとした。もしかしたら、さつきさんの言っていたお姑さんというのはこの方なのだろうか？

「たまにはこちらに来たいと思っていたんですけど、この年になると坂を下ったり上ったりするのが億劫《おっくう》になってしまって。……ご無沙汰してすみません」

「いえいえ、こちらこそご無沙汰してしまって」

「でも、うちの嫁がこちらでお世話になったかと」

「ええ、隼人《はやと》くんのお嫁さん、とても美人だし、親思いのやさしい方ですね」

「ええ、ほんと、いい方を選んでくれた、と思っています。勝《まさる》くんは結婚は？」

「それがまだなんですよ。九州の田舎にこもって焼き物をやっているから、なかなかいい出会いがないみたいでねえ」

　ぽかんと見ている私に気づいたのか、先生が説明してくれた。

「こちら、小松原さん。料理教室に来ているさつきさんのお義母さま。息子同士が小中学校の同級生だったの。サッカークラブでもいっしょだった」

　なるほど、坂上と坂下に分かれていても、学区はいっしょだ。確か保田さんのお子さんも、先生の息子さんと同級生だったはずだ。三人はいわゆるママ友だったのか。

「ああ、さつきさんの。はじめまして、館林と申します」

「はじめまして。娘は料理教室でちゃんとやっていますか？」

「ええ、それはもう。さつきさん、もともと料理上手でいらっしゃるから、手際がよくて、お教えすることもあまりないんじゃないか、と思います」

「そうなんですよ。私もそう思ったんですけどね。自分は自己流だから、料理のことをちゃんと基礎から教えてもらいたいって私に言うんですよ。だけど、私なんてレシピ本通りに作ってるだけだし、さつきちゃんに教えるほどのことはないって思うので、こちらを紹介したんです。下河辺さんが料理教室をやってらっしゃることは、保田さんから聞いていたのでね」

「それでさつきさんがこっちに来られたんですね。この地に来て間もないのに、どうしてうちみたいな小さな料理教室のことをご存じだったんだろう、と不思議に思っていました」

なるほど、言われてみれば先生のおっしゃるのも、もっともだ。うちの料理教室は大々的に宣伝をしているわけじゃない。店に来て、チラシを見なければ気づかないはずだ。

「でも、私が紹介する前から、こちらのことは知ってたみたいですよ。うちの息子と二人で食事に来たことがあるんですって。おいしいお店を探して食べ歩くのが息子夫婦の趣味だから。それで、あの店がやってる料理教室なら、とその気になったらしいです」

「そうでしたか。それはありがとうございます」

「いいえ、お礼を言うのは私の方よ。下河辺さんのおかげで、息子たちと同居することになったのですから」

それを聞いて私はなんのことかわからなかったが、靖子先生は納得したように言った。

「そうでしたか。それはよかったです」

「どういうことですか？」

話についていけない私は、つい疑問を口にした。

「下河辺さん、私が料理下手だって気づいたんでしょう？　それも味音痴だってことに」

味音痴という言葉に私はびっくりしたが、先生はわかっていたようだ。

「たぶん、味付けに自信がない方なんだろうな、とは思っていました。料理も長年やっていれば、舌だけでなく音とか手に持った感触とか火を通した時の色とか、いろいろ五感を使って料理するようになるものです。だけど、カレーでさえ説明書どおりに作るというのは、自分の感覚に自信がない方なのだろう、と。それに、傷んだ鶏肉についても、慣れている人なら料理する前に臭いや手触りで察知するものです。それに気づかなかったということは、失礼ながら感覚的には少し鈍い方なんだろう、と思いました」

「さすがですね。やっぱり感覚の鋭い勝くんのおかあさまだわ。勝くんも、うちに遊びに来た時、部屋に残ったかすかな匂いだけで、私が昼食に作った料理を全部あてたりしてましたから」

「まあ、そんな失礼なことを。申し訳ありません」

「いえいえ、それはいいんですよ。ただの子どもの遊びでしたから。でも私、何を食べてもまずいと思うことがないんです。味覚がだいぶいい加減にできているらしいの。味覚だけじゃなく、嗅覚とかもなんですけど。だけど嫁いだ家が食にうるさくて、とても苦労しました。姑は味見すればまずくなるはずはない、って言うんですけど、私がいくら味見して作ってもダメなんです。砂糖と塩を間違えても、こんなものかな、と納得してしまうので」

それは相当の味音痴だ。そういう人もいるのか、と私はびっくりした。

「姑には、あなたの味付けが息子たちの味覚を決めるんだから、ちゃんと作らないとダメだと言われました。それで、自分の舌に頼るのはやめて、料理本に頼ることにしたんです」

「料理本？」

「味付けの法則がちゃんと書かれている本を探して、たとえばすまし汁やシチューは材料の重さに対して塩分は0・6パーセントとか、炒め物や焼き物は1パーセントとか、書かれていることをちゃんと実行すれば、姑も夫も満足してくれる。だから、それでずっと作ってきたんです」

　味付けのためにいちいち材料の重さを量り、計算して調味料の分量を割り出すのか。毎回の食事作りでそれをやるのはとても面倒そうだ。

「でも、息子さんにもそれは内緒にしていたんですね」

　先生が聞くと、小松原さんはうなずいた。

「だって、味音痴なんて恥ずかしいことだ、と姑に言われていましたから。それに、おかあさんは料理上手だ、と息子に思われたい、ということもありましたし」

「それは成功していたんですね」

「ええ、たぶん。上の息子は私に似て、何を食べてもおいしい、と言う。私同様味音痴なんだと思います。だけど、次男は夫譲りなのか、いちいちうるさい。だから、たまに私がうっかりミスをすると、あきれたように言うんです。『おかあさんはドジだなあ』って。それがとっても嫌でね。こっちは毎日苦手な料理を一生懸命作っているっていうのに」

小松原さんは悔しそうな顔をした。年齢的には私よりずっと年上だけど、その顔はまるで小さな女の子のようだ。

「傷んだ鶏肉の件でもね、夫と次男は臭いと味でおかしいと思ったのか、手を付けませんでした。私と長男は全部食べてしまって、あとから下痢になってしまった。『なんでおかしいと気づかなかったの？　どうみてもあれは変だったでしょ』と、次男は鬼の首を取ったように言うんです。その時は我が子ながら、心底憎らしいと思いました。だから、同居っていうのがすごく気重でね。夫も亡くなって、ようやく料理の苦行から解放されると思ったのに」

「そういうことじゃないか、と思っていました。でも、さつきさんとはうまくやっているんでしょう？」

「さつきちゃん、すごく私になついてくれて、尊敬してくれるんです。私も実の娘のようにかわいいと思うんですが、それだから逆に自分が味音痴だと言えなくて」

「嫁に対してはプライドもありますものね。尊敬されているなら、それを裏切りたくないと思うでしょうし」

先生はうんうん、とうなずきながら同意した。

「そうなんですよ。『同居して、料理や家事のことをいろいろ教えてほしい』と言われてもねえ。ずっと家にいた私に、教えるほどのことはないですし」

「そんなことはないですよ。掃除とか衣類の管理とか庭仕事とか、小松原さんがお得意なことがいろいろあるじゃないですか。確か、お茶や着付けもおやりになるんでしたよね」

「そんなこと、主婦なら誰でもやってることだし。お茶や着付けは長くやっているだけで、師範の資格を持っているわけじゃないですし」

「そんなことはありません。専業主婦として培った三十年以上のノウハウは決して無駄じゃありません。それは十分人に教える価値があるものだと思いますよ」

「教える価値がある……ですか?」

「そうですよ。毎日積み重ねてきたことですもの、昨日今日家事を始めた人にはない知識や経験が身についているんです。実は、料理だってそうです。確かに感覚的なことは大事だけど、理屈で培ってきたノウハウだってバカになりません。味覚に頼らず、何十年も家族を満足させてきたって、すごいことじゃないですか」

それを聞いて、小松原さんははっとした顔になった。そして、みるみる瞳がうるんできた。

「そうですよね。私、頑張ってきたんですよね」

「そうですとも。味覚が鋭くても、怠けてまともに料理をしない人だっていますからね。小松原さんは立派ですよ」

「ありがとうございます」

小松原さんの頬にすっとひと筋涙がこぼれた。横で聞いていた私には、掛ける言葉がなかった。この人は、ずっと味音痴ということにコンプレックスを持っていたんだろう、と私は思った。先生の言葉はそのこだわりを少し解きほぐしたのだ。先生はやっぱりすごい、と思った。

「よかったですね。小松原さん親子、これで同居がうまくいきそうですね」

「そうね。同居するばかりが幸せとは限らないけど、小松原さん親子はたぶんうまくいくと思うわ。もともと小松原さんのお義母さんは一人暮らしには向かないと思うし、さつきさんとウマが合うみたいだから」

「だけど、さつきさんの言ってたお義母さん像と、実際に会って話した感じはだいぶ違いましたね。もっとしっかりした方なのかと思っていました」

「あら、しっかりした部分もあるのよ。子どものサッカーチームで会計をずっと担当されていましたし、数字にはお強い方なのよ。実は調味料の計算だって、面倒な人には面倒ですからね。それを日常的にできるというのは、それだけのものがある人なのよ」

「それはそうですね」

毎食毎食、調味料の計算をするなんて、私には面倒でやっていられない。

「玉ねぎだって生で食べるのと火を通したのでは、全然味が違うでしょう？　生しか知らない人は辛い食べ物だと思うでしょうし、火を通した玉ねぎしか食べていなければ甘い野菜だと思う。一つの野菜でも、どう料理するかで印象が全然違う。人間も同じなのよね」

「確かにそうですね。どの面を相手に見せるかで、印象が違ってきますものね」

「ところで館林さん、最近何か嫌なことでもあったの？」

「えっ？」

ふいに言われて、私はどきっとした。

「私の勘違いならいいのだけど、なんだかちょっとふさぎ込んでいるみたいだから」

「そんなことないです。花粉症でちょっと頭が重いので、そう見えるのかもしれませんけど」

「そう、だったらいいけど」

ごまかしだと気づいているかもしれないが、先生はそれ以上何も言わなかった。私が気になっているのは、川島さんのことだ。川島さんから先日連絡が来て、アルバイトの件で話したいことがある、と言われたのだ。

もしかしたら、おしまいにしたい、ということかもしれない。

その悪い予感で、私の気持ちはふさいでいた。私にとって川島さんの料理を作ることが、思っていた以上に大事なことだったのだ、と自分でも気がついてしまった。

川島さんと会うのは明日だ。なにを言われるのだろう。もうあなたは必要ない、と川島さんに言われることが、私はとても怖かった。

タケノコは成長する

川島さんの話って、なんだろう。

それが気になって、注意力が散漫になっていたらしい。食堂で使う片栗粉を切らしてしまったので、自転車で近所のスーパーに買いに行った帰りだった。

あっ、と思った時には遅かった。

突然、道路に飛び出してきた猫を避けようとして、自転車のハンドルを切った。タイヤが石か何かを踏み、バランスを崩した。そのまま自転車ごと派手に転んだ。

右半身を下にして、地面に叩きつけられた。

痛っ。

転んだ瞬間はどこが痛いのか、わからなかった。痛いという感覚で、息もできなかった。

「大丈夫ですか?」

通りかかった人たちが、心配そうに声を掛けてきた。幸い、あまり車の通らない道で、前も後ろも車の姿は見えなかった。

「はい、なんとか」

　そう答えたものの、どうやら右手をひねったか何かしたらしい。右手の肘から下の方がひどく痛む。それに、膝も打ち付けたようだ。痛みで動くのがつらい。そのまま動けずに、息を詰めていた。すると、スーツ姿の男の人が倒れた自転車を起こしてくれた。それで私はひとつ大きく息を吐くと、よろよろと立ち上がった。

「すみません」

　近寄って、左手で自転車を受け取った。その間に、幼い子どもを連れた主婦らしき人が、地面に転がっていた買い物袋とそこからこぼれ出た財布と片栗粉の袋を拾ってくれた。

「ありがとうございます。すみません」

「お怪我はないですか？」

「ええ、大丈夫だと思います」

　デニムを穿《は》いているので、膝の状態はわからないが、とくに血も出ていない。

「ありがとうございます」

　腕の痛みで顔が引きつっていたが、ふたりにもう一度お礼を言った。それで安心したのか、ふたりは去って行った。私は左手でハンドルを持ち、右の肘でハンドルを押さえてバランスを取りながら、ゆっくりと自転車を運んでいった。食堂までは百メートルほどの距離だったが、やけに長く感じられた。

自転車を店の外に止めると、右腕を左手で支えながら、店内に入っていった。店は開店前で、保田さんがその日穫《と》れた野菜を届けに来ていた。

「あら、館林さん、どうしたの？　顔色が悪いわ」

先生は目ざとく私の様子がおかしいことに気づいたようだ。

「実は、そこの道で自転車ごと転んで、右手をひねったみたいで。捻挫したかもしれません」

「どれ、ちょっと触ってもいいかな」

保田さんが私の傍に来て、右手で私の右腕を摑み、左手で私の右手の甲を軽く握ると、そのままゆっくり左にひねった。

「うっ」

痛みのあまり保田さんから腕を離し、自分の右手首を左の掌で包んだ。

「ああ、これはやっちゃったね。腕が腫れてるし、医者に行った方がいいよ」

「だけど、これからランチの準備があるし……」

「すぐにお医者さんに行ってらっしゃい」

先生が強い口調で言う。

「でも、捻挫くらいでそんなに急がなくても」

「捻挫とは限らないでしょう？　骨折してるかもしれないし。それに、捻挫だとしても、馬鹿にできないわ」

「そんな、ちょっと転んだだけですし、そこまで大きな怪我ではないと思います」

骨折だったら、腕の形が変わるとか、もっとすごいことになっていそうだ。

「素人判断で決めない方がいい。利き手が使えないなら、どっちにしてもやれることはないわ。早く医者に行きなさい」

「俺、車で来てるから、医者まで送ってやるよ」

「助かります。保田さん、お願いできますか？　館林さん、保険証持っている？」

「ええ」

保険証は身分証明書にもなるので、いつも財布に入れて持ち歩いている。

「ここからだと、整形外科はどこが近いかな？」

「三丁目の交差点の角にある山田整形外科がいいわ。私も足のことでお世話になっているし」

「了解。じゃあ、すぐに行こう」

「だけど、保田さん、お忙しいんじゃないんですか？」

「いや、今日の配達はここが最後だし、そっちに回って帰る時間くらいあるよ」

「そうしていただけると助かります。よろしくお願いします」

そうして、私は保田さんの車に乗って、整形外科に向かった。病院の前で私をおろすと、保田さんは言った。

「治療が終わったら、連絡ちょうだい。すぐに迎えに来るから」

「いえ、それじゃ申し訳ないです。歩いて帰れますから」

「水臭いこと言わないの。怪我してる優希ちゃんを送らなかったって言ったら、うちのやつにどやされちゃうよ。うちのやつは優希ちゃんびいきだから。それに、困った時はお互いさまだ、遠慮はいらないよ」

それで、保田さんの好意に甘えることにした。正直、痛む腕を抱えて、家まで一人で帰るのは嫌だった。保田さんの申し出はほんとうに嬉しかった。終わったらすぐ電話する、と約束して、私は病院に入っていった。

「やっぱり折れていますね。ほら、ここのところ」

医者はそう言ってレントゲンの写真をペンで指さした。右手の前腕にある二つの骨の細い方だ。手首に近い辺りだったが、素人目にはどこが骨折なのか、わからなかった。なので、骨折としたら軽い方なのだろう。

「骨折ですか。じゃあ、当分右手は使えないんですね」

　気持ちが沈んだ。右手が使えないなら、食堂の仕事もバイトも休まなければならない。貯金が少しあるから、それを生活費に充《あ》てるしかないだろう。

「そうですね。一か月はギプスで腕を固定します。それで骨の接合がうまくいけば、ギプスを外します。そのあとは固まった関節をほぐすリハビリをしながら、徐々に元に戻るように慣らしていくことになりますね」

「ギプスを外してから、もとに戻るまでにどれくらい時間が掛かるんですか？」

「そうですね。早い人でひと月くらいでしょうか。ギプスが取れても手首がうまく曲がらなかったり、握力も落ちますからね。だけど、ギプスが取れればある程度動かせるので、力仕事や手先を細やかに使う仕事でなければ、まあ、大丈夫ですよ」

「そうですか。安心しました」

　それなら、フロアの仕事や収支計算、瓶詰作りなど、私が普段やってる仕事は大丈夫だろう。

「とりあえず仮のギプスをします。しばらく腕が腫れるので、それが落ち着く四日後くらいにちゃんとしたギプスをしましょう」

　そうして、着脱可能な軽いギプスで右の前腕部を上下に挟み、包帯でぐるぐる巻きにして固定された。手首と肘が固定されているので、動かすのが不自由だ。そして、三角巾で腕を吊った。そうすると、自分が怪我人であることが悪目立ちする気がして、ちょっと落ち着かない。

　診察と処置が終わって保田さんに連絡したあと、待合室で支払いを待っていると、受付に名前を呼ばれた。

「お薬が出ておりますので、こちら処方箋になります。この近所の調剤薬局であればどこでもいいのですが、薬局の場所はわかりますか？」

「はい」

「じゃあ、次は四日後になります。できれば午後いちばんに来てほしいのですが」

「そうすると時間は？」

「そうですね。午後の診察が始まる十五分前に待合室を開けますから、二時四十五分頃、来ていただけますか？」

　その時間だったら、ランチタイムも終わっているし、ちょうどいい。

「はい、大丈夫です」

「じゃあ、それで予約を入れておきます。どうぞお大事に」

「あ、まだ診察代払っていませんが」

「館林さんについては、下河辺さんから連絡をいただいています。館林さんは労災なので、自分の方で支払いをするということだそうです」

「えっ、ほんとうですか？」

「はい。費用については、今日はいただきません」

「それは困ります。私の不注意で怪我したんですから、私が支払います」

「そうおっしゃられても……。うちはどっちでもいいのですが、下河辺さんの方でそう言われましたし」

受付の女性はあきらかにめんどくさい、という表情を浮かべている。

「下河辺さんとお話しされて、そちらで意思統一をしてもらえませんか？」

「わかりました」

待合室は混んでいる。ここでぐずぐず話していると、周りに迷惑を掛けてしまうと思ったので、私は引き下がった。

整形外科を出ると、迎えにきた保田さんが、薬局を経由して店まで送り届けてくれた。ギプスをしているので、上着の袖が通せない。右肩に上着を掛けて腕を隠すようにした。

　店に着いたのは二時近くだった。病院でレントゲンを撮ったり、仮のギプスを付けたりしていたので、思ったより時間が経っていた。ランチタイムもすでにピークを過ぎている。

　ドアベルを鳴らしてお店に入る。席は半分くらい埋まっていた。

「おかえりなさい。どうだった？」

　接客をしていた香奈さんに聞かれた。私がいないので、いつもは厨房で働いてる香奈さんがフロアを担当していたらしい。

「骨折だった。全治二か月」

「まあ、たいへんね。ところで、先生から伝言。ランチタイムが終わるまで、母屋のリビングで待っていてほしいって」

「了解。でも、何か手伝うことない？」

「大丈夫。こっちはなんとかなるから」

「すみません、お水ください」

　お客さんから声が掛かる。

「はい、すぐにお持ちします」

香奈さんが返事する。お店はやはり忙しそうだ。私はレストランの奥のドアを開けた。先生の居室に繋がるドアだ。そこにリビングがある。打ち合わせしたり、休憩する時には、私たちもこちらを使わせてもらう。部屋の隅の黒い革のソファに座った。

全治二か月か。

利き腕が使えないって不便だな。でも、左手で支えれば、お盆を持つことくらいできるんじゃないかな。ゆっくり運べば、やれないことはないんじゃないだろうか。

腕が使えなくても、何かできることってあるのかな。

私はぼんやり考えていた。

「お待たせしました」

先生と香奈さんがお盆を持って部屋に入って来た。お盆の上には三人分の食事が載っている。まかないだ。いつも昼の営業が終わったあと、三人でこうしてまかないを食べるのだ。

「今日は久しぶりに先生がまかないを作ってくださったのよ」

香奈さんがそう言いながら、テーブルにお皿を置いた。

菜の花とベーコンのパスタ、鶏むね肉のサラダ、それにブラマンジェがついている。

「わあ、おいしそう」

昼食のことなど忘れていたが、料理を見たら急に空腹を感じた。先生のパスタは絶品なのだ。菜の花は保田さんからの差し入れだ。季節初めで出たばかりのものを、わざわざ持ってきてくれたのだ。

「ブラマンジェ、ランチのデザートだけど、多めに作っておいたのよ。自分たちでも食べようと思って」

香奈さんがそう言って微笑んだ。

「ほんとうにすみません。こんな怪我をしてしまって」

「その話はいいわ。あとにしましょう。それより、フォークは使える？」

右手は指が隠れるほど包帯でぐるぐる巻きにされているので、フォークを持つことはできなかった。左手を使って、パスタを巻き取りながら食べる。

「菜の花っていいですね。これが食卓に出てくると、春が来た、と思います」

香奈さんが菜の花をフォークで突き刺しながら言う。

「でも、食べるのは花が開いていない状態の時なんですね。黄色い花がお皿の上にあると、きれいだと思うんですが」

私が言うと、先生が答える。

「花が咲く頃になると、茎が固くなってしまいますからね。花を食べるというより、新芽を食べている、と私は思っているの。花を楽しむのは、観賞としてね」

「食用にもなるし、観賞用にもなる。菜の花ってエラい」

「さらに、油も取れますからね。菜種油」

「そうか。ますます素晴らしいです」

食事の最中はあたりさわりのない話をした。食事中は難しい話や、気持ちが暗くなるような話はしない、というのが菜の花食堂の決まりだった。

そうして食事が終わり、香奈さんが珈琲を淹れてくれた。それはいつもなら私の仕事だった。私は上げ膳据え膳なので、申し訳ない気持ちになる。

「じゃあ、そろそろこれからの話をしましょうか。優希さん、しばらく仕事はできませんね」

「いえ、左手は使えますし、右手の指もふつうに動きますから、お掃除とかパソコンの入力くらいは大丈夫です。それに、お水くらいなら運べると思います」

「だけど、お水だけというわけにもいかないし、一度にたくさんは運べないでしょう？　狭いフロアですから、フロア担当を何人も置くわけにはいかないし。それに、お客さまも心配なさるでしょう？」

「そうですね」

確かに、私がギプスをしたまま店内をうろうろしていたら、お客さまに気遣いさせることになるだろう。やはり自分はいない方がいい。

「ギプスが取れるまではお休みにして、田舎に帰ってもいいのよ」

確かに、その方がいいのかもしれない。

「でも、それは……」

田舎に帰るのは嫌だった。親がよけいな心配をするだろう。両親は私が会社を辞めたことを気にしていた。菜の花食堂で働くと告げた時、母は言ったのだ。

『せっかく大学まで出て、食堂の店員なんてねえ。派遣社員でも、もっとキャリアを生かせる仕事の方がいいんじゃないの？』

いくら説明しても、母は理解してくれなかった。会社の仕事の方が上だと信じているのだ。怪我をして家に帰ったりしたら、母が大騒ぎしそうだ。食堂で働くなら地元でいいじゃないか、と説教されそうだし、こっちにいるうちに、と見合いの話を持ってくるかもしれない。考えただけでも気が重くなる。

「実は来週から姉が里帰り出産のために実家に戻ってくるんです。だから、そっちでいろいろ忙しいと思いますし、私まで面倒を掛けたくないんです」

里帰り出産は事実だった。初めての孫なので、電話越しでも両親のはしゃいだ気持ちは伝わってくる。私の怪我を告げたら、その気持ちに水を差すんじゃないか、と思う。

「そう、だったらできる範囲で手伝ってもらおうかしら。パソコンの仕事なら少しはできるかしら」

「はい、ぜひ。あ、それから、お医者さんのお金、私支払いますから」

「いいの。だって、片栗粉を買いに行った途中で怪我したんだし、立派な労災でしょ？　薬局の支払い分も請求してくださいね。ちゃんと労災保険に入っているから、大丈夫よ」

「ありがとうございます」

正直そうしてもらえると助かる。こうなると、駅前のレストランのバイトはお休みしなきゃいけないし、食堂のお給料も減るだろう。出費は少しでも抑えたいところだった。

「毎日来られるのであれば、開店前のお掃除や毎日の帳簿つけを手伝ってもらえると嬉しいわ」

「はい。瓶詰の営業も頑張ります。この際だから、置いてくれるお店を増やしたいと思いますし」

営業であれば、手が不自由でもできないことはない。足と口が達者なら、なんとかなるだろう。

「無理はしないでね。優希さんは頑張りすぎるのが欠点よ。怪我をしたということは、休みなさいという天のメッセージだと思って、ゆっくりすればいいのよ」

「はい。だけど、何もしないのは逆につらいんです。よけいなことを考えちゃうし」

「その気持ちはわからないじゃないけど……、くれぐれも無理はしないでね」

先生はやさしく私の肩を叩いた。そのしぐさが、私を必要だ、と言ってくれているようで、嬉しかった。

結局、その日はそのまま家に帰った。手伝うにしても、ちゃんとギプスをはめてからでないとダメだと言われ、やることがなくなったのだ。その日の夕食は先生が弁当を詰めてくれた。

「うちの常備菜や食堂のあまりものだけど、あった方がいいでしょ？」

「ありがとうございます。すごく助かります」

「これからも、お昼と夜はうちで食べるといいわ。とにかく食事だけはちゃんととらないと」

「……ありがとうございます」

胸がいっぱいになった。これがほかの勤務先だったら、そんなふうに配慮してもらえただろうか。靖子先生は、私にとっていろんな意味で恩人だった。

翌日、起きるのは遅かった。時計を見ると、九時を過ぎていた。前日いろいろ考え事をしていたので、なかなか眠れなかったのだ。

ダメだ、ダメだ。怠け癖がつかないようにしなくちゃ。

一日目でこれだ。もし、完治するまで仕事を完全に休むことにしたら、起きる気がしなくて一日中寝ているだろう。

私はベッドから起き上がった。

着替えて、慣れない左手を使って歯を磨くと、コンビニまで買い物に行くことにした。朝食用のパンを切らしていたのだ。

その日はちょっと遠回りして、散歩がてら野川の方まで足を延ばした。急ぐ必要はないし、家でごろごろしているより、少しでも身体を動かした方がいい。こんな時でも、朝の散歩は気持ちよかった。きらきら光る川面や風になびく草木を眺めながら、散歩を楽しんだ。

そうして十時頃に帰宅した。アパートに戻って階段を上ると、ドアの前に何かぶら下がっているのが見えた。

なんだろう。

近寄ってみると、ぶら下がっているのは、伊藤ベーカリーとロゴの入った紙袋だった。伊藤ベーカリーは地元で人気のパン屋だ。中を見る。

ハムとポテトのフォカッチャ、焼きカレーパン、カスタードパイにイチゴロール。

これ、私の好きなものばかりだ。私の好みを知ってる誰かが、怪我を知ってお見舞いに来てくれたんだろうか？

商品に貼られたシールを見ると、この朝作られたばかりのものだった。

それとも、いたずら？　中に何か毒でも仕込んであるとか？

私は思わず首を振った。

だったら、わざわざ高いお店のパンを使わなくても、コンビニのパンで十分なはずだ。好みを知ってることからしても、誰か親しい人なのだろう。

それに、私を毒殺しようなんて誰が考えるだろうか。そこまで誰かの恨みを買うほど華々しい人生ではないし、そんな私のために犯罪というリスクを冒すだけの理由は思いつかない。

きっと、香奈さんか先生が差し入れを持ってきてくれたのだろう。

そう思って、私はありがたく受け取ることにした。

部屋に入るとお湯を沸かした。コンビニでもサンドイッチを買ったが、やっぱり専門店のパンの方がおいしそうだ。そっちを今日の朝ご飯にしよう。

ハムとポテトのフォカッチャとカスタードパイ、それにティーバッグの紅茶で朝ご飯にした。できたてのパンは柔らかく、香ばしい。

私は満足の溜め息を吐いた。ここのパンはやっぱりおいしい。ちょっとお高いので、しょっちゅう買うことはできないが、この地域では一番だと思う。

そして二杯目の紅茶を淹れながら、ふと忘れていたことを思い出した。

そうだ、今日の午後は川島さんの家に行って、野菜を調理する日だった。平日だけど、ずっと忙しかったので、川島さんが代休を取るって言ってたっけ。そのついでに、話をしたいって言われていたんだ。いつもは川島さんが出勤している間にやっていたのだけど、今回に限って私の料理に立ち会うつもりらしい。

打ち合わせはともかく、この腕じゃ、調理することはできないな。先に断っておいた方がいいかしら。私はスマートフォンを取り出した。

電話、いいかな？　川島さんには、忙しい時には出ないだけだから、いつでも電話して、って言われているけど。

しばらく躊躇したが、結局電話を掛けた。川島さんはすぐに電話に出た。

『もしもし』

「あ、川島さんですか？　館林です。いま、大丈夫ですか？」

『はい、もちろん』

電話の声の後ろから何か雑踏のような音が聞こえてくる。川島さんは屋外にいるらしい。

「あの、実は手に怪我をしてしまって、しばらく料理ができそうにないんです。なので、たいへん申し訳ないのですが、今日は」

料理ができない、と言おうとしたのを遮って、川島さんが答えた。

『わかりました。ちょうどよかったです。僕も都合が悪くなったんで、今日はキャンセルしたいと電話するところでした』

「でも、野菜の方、どうしましょう？」

『そちらも大丈夫です。こちらで処理しますから』

「そうですか。話がある、とおっしゃっていたのは……」

『それも、今日じゃなくて大丈夫です。じゃあ、また連絡します』

そうして、電話はすぐに切られた。

私はちょっと落ち込んだ。川島さんからお見舞いの言葉ひとつなかった。早く電話を切りたいというような、そっけない応対だった。川島さんなら、もうちょっと怪我のこと、気にしてくれると思ったのに。

それに、野菜の処理も大丈夫、って言っていた。あれだけの野菜、どうするつもりなのだろう。やっぱり誰か、作ってくれる人がほかにできたのかな。

私はまた溜め息を吐いた。怪我をした腕がずっしり重かった。包帯の上からさすりながら、やるせない気持ちを持て余していた。


「伊藤ベーカリーのパン？　私じゃないわ」

「私も知りません」

先生も香奈さんも、不思議そうな顔をする。パンのお礼を言うつもりで、その日の午後、私はお店に来ていた。今日は定休日だが、新メニューの開発をするというので、ふたりともお店に居たのだ。

「じゃあ、誰がくれたのかしら？　わざわざ私にお見舞いをくださるなんて、ほかに考えられないのだけど」

「お見舞いなの？」

「だと思うんです。怪我した翌日にわざわざ届けてくださるのは、おふたりくらいだと思ったんです」

ふたりのどちらかが届けに来たけど、私が留守だったのでドアのところに置いていったんだろう、と思っていたのだ。

「私だったら、優希さんが留守なら『ドアのところに差し入れ置いとくね』とＬＩＮＥすると思う」

「そうね、私は電話して取りに来てもらうわ。そもそもお見舞いなら、自分の焼いたパンにすると思うし」

言われてみればその通りだ。靖子先生にしろ香奈さんにしろ、わざわざ買うより作った方が早いと思うだろう。

「じゃあ、誰が置いてくれたんでしょう。中のパンも私の好きなものばかりだったから、私の好みを知ってる人かと思ったんですけど」

「村田さんとか？」

「ああ、村田さんなら親切だから、そういうこともありえるかも」

「だけど、村田さん、優希さんの怪我のことを知ってるのかしら？　昨日の今日だし」

　先生が疑問を口にする。料理教室の生徒の村田さんは噂好きだが、さすがにまだ私の怪我のことは耳にしていないと思う。それに、知ったらすぐに電話が掛かってくるはずだ。

「そういえば確かに。怪我のことを知ってるのは、保田さんくらい？」

　保田さんか、保田さんの奥さんが気遣ってくれたのだろうか。世話好きな人たちなのでそれもありそうだ。

「保田さんがそういうことをするとは思えないわ。もし、何か差し入れするなら、野菜とか果物でしょうし」

　先生の言うのはもっともだ。朝食のパンをドアノブにそっと掛けておくというのは、保田さんらしくない。保田さんなら、持ってきたことを大きな声でアピールしそうだ。

「もうひとつのバイト先の方には昨日のうちに連絡しました。だけど、あっちのバイトはビジネスライクだし、パンを届けてくれるほど親しい人もいないし」

「ほかに誰か思い当たらない？」

「あ、川島さんにも電話しました。バイトのことがあるので」

「じゃあ、川島さんが？　それなら、ありうるかも」

香奈さんが意味深な顔をする。川島さんと私の仲をちょっと誤解しているのかもしれない。

「でも、川島さんに電話したのはパンが届いたあとだから、川島さんじゃないと思います」

それに、川島さんは私の怪我のことなど気にしてなかった。そう思うと、なんだか胸がずきんと痛んだ。

「じゃあ、誰かしら。ほかに思い当たる人は？」

「わかりません。まだ友だちにも怪我のことは話していないし」

「じゃあ、優希さんが病院から帰るところを偶然見掛けたとかなのかしら。それとも、昨日のランチに来ていたお客さまとか？」

昨日、三角巾で腕を吊った様子を、ランチタイムに来たお客さまは見ていたはずだ。だが、昨日のお客さまの中に、私にパンを届けてくれるほど親しい人はひとりもいない。

「パンを届けた人は、優希さんの怪我を知っていただけでなく、優希さんの自宅の場所やパンの好みまで知っていたということよね。そのくせ名乗らないなんて、ちょっと怖いわね」

「わ、香奈さんやめて。それってまるでストーカーじゃない」

背筋がぞっとした。私は見張られている？　わざわざ私の留守の間を狙って、パンをドアノブに掛けておいたの？

「そうと決まったわけじゃないけど、一人暮らしなんだからいろいろ警戒はしておかないと。何かあってからでは遅いから。ねえ、先生」

「そうねえ。いままで誰かに見られているとか、何か脅されるようなことはあったの？」

「いいえ、とくには」

もし、そんなことがあれば、いの一番に靖子先生に相談するだろう。

「だけど、ストーカーって、何がきっかけでつきまとうことになるかわからないから、気をつけた方がいいよ。たまたま同じ電車によく乗り合わせるだけなのに、運命の相手だと思われちゃうとか、こっちが意識してなくても、相手が勝手に妄想を膨らませることもあるらしいし。お店に来て、接客している優希さんを見てひとめぼれしたってこともかもしれないよ」

香奈さんが真顔で私に忠告する。

「やだ、そんなことあったら、怖くて接客できなくなる」

　すると、靖子先生がまあまあ、となだめるように話に入ってきた。

「ストーカーではないという気がするわ。ストーカーなら、パンといっしょにカードか手紙をつけて、自分の存在を主張するんじゃないかしら。自分は姿を見せなくても、常にあなたを見ている、あなたのことを知っている。そうやって怖がらせることで、相手をコントロールしようとするものだし」

「ストーカーじゃないとしたら？」

　私の問いに、先生はちょっと首を傾げた。

「やっぱり善意のお見舞いじゃないかしら。直接届けるつもりだったのでカードを用意しなかったのだけど、優希さんが留守だったので、仕方なくパンを置いていったと考える方が自然だと思うわ」

「じゃあ、誰が？」

「そうねえ。たまたま優希さんを見掛けた料理教室の生徒さんかもしれないし。どっちにしても善意のお見舞いなら、すぐにわかると思うわ。相手の方から連絡が来るんじゃないかしら」

　先生に言われて、私はほっとした。

「よかった。ストーカーかも、と思ったら、伊藤ベーカリーのパンが食べられなくなるところでした」

「あら、食べものには罪はないわ。ストーカーからでもなんでも、毒が入ってないなら、食べればいいのよ」

「先生、それ、無理です」

「私も」

「でも、パンはパンでしょ？　ストーカー本人が作ったんならともかく、ちゃんとしたパン屋さんでできたものなら大丈夫よ」

先生があっけらかんとした口調で言うので、私も香奈さんもつい笑った。

「先生、大胆」

「そう？　せっかくおいしいものがあるのに、食べないのはもったいないでしょう？」

先生がすました顔で言うので、私も香奈さんもふきだした。

「やだ、先生ったら、それってただの食いしん坊」

「そうかしら」

そうして、私たちは大笑いした。おかげで、憂鬱になりかけていた気持ちが明るくなった。

差し入れしてくれた人が自分から名乗り出るまで、ゆっくり待とう、という気持ちになっていた。

「ところで、もうひとつの心配ごとは解決したの？」

笑いが収まると、先生がふいに私に尋ねた。

「心配ごとって？」

香奈さんが不思議そうに尋ねる。

「それはあの……」

ごまかそうかと思ったけど、先生に聞かれるのは二回目だ。先生は鋭いので、黙っていても、そのうちわかってしまうかもしれない。そう思ったので、私はしゃべることにした。

「実は、川島さんのバイトのことなんですけど、もしかしたら、終わりになるかもしれないんです。誰か、料理をしてくれる人ができたみたいで」

香奈さんは驚いたような表情を浮かべたが、先生は無表情だ。続けて、というように黙ってうなずく。

「先月、川島さんのお宅に料理をしに伺ったんですけど、用意された野菜の一部がすでに使われていたし、調味料も減っていた。それに、使いさしの牛乳の一リットルパックが冷蔵庫に置かれていたし、野菜もじゃがいもや人参が減っていた。だから、誰かが川島さんのためにシチューを作ったんじゃないかと思うんです」

「だけど、それ、優希さんの勘違いってことはない？　調味料が減っていたのは、掃除をしている時、こぼしたとか。牛乳があったのは、たまたま飲みたかったから、とか」

香奈さんが私に質問した。

「いいえ。いままで川島さんは一切料理をしなかったから、すぐにわかったんです。調味料の減り方や鍋の置かれた場所の違いで。それに、牛乳を買うなら飲み切れるサイズのものにすると思います。川島さん、飲みかけのドリンクを置きっぱなしにするのは好きじゃないので。だから、牛乳を使った料理を作ったのだと思います」

「優希さん、まるで先生みたい。観察力も鋭いし、分析もうまいのね」

香奈さんに言われて、気がついた。確かに、こういう考え方をするのは先生の影響かもしれない。

「なるほど、それで川島さんの方のバイトが無くなるかもしれない、と優希さんは思っているのね」

「ええ、それが残念で。お金のこともあるんですけど、人のために料理を作るって楽しいな、と思っていたんです。川島さん、いつも喜んでくれていたし。あ、もちろん川島さんのために料理してくれる人が現れたなら、素晴らしいことだと思うんですけど」

「だけど、バイトを辞めてほしい、と川島さんに言われたわけではないんでしょう？」

「ええ、だけど、もし、川島さんにそういう人ができたなら、私が料理に通うわけにはいかないじゃないですか。その方に悪いし。もし、そういう人ができたなら、私はバイトを辞めようと、最初から思っていたんです」

「そうだったの」

「実は今日、怪我のことがなければ川島さんの家に料理をしに伺うことになっていたんです。今日は川島さんも代休取って家にいるので、ついでにバイトの今後のことを話したいって言われていて。だから、いよいよクビなのかな、って」

話しているうちに、なんだか悲しくなってきた。涙が出そうになったので、慌てて瞼《まぶた》をしばたたかせて、涙を目の奥に押し込んだ。

「私はそうは思わないわ。川島さんの話はきっと優希さんにとっていいことだと思う」

「そうでしょうか？　さっき川島さんに連絡とったんですけど、すごくそっけなかったんです。怪我をしたと言ってもスルーされたし。出先だったから急いでいたのかもしれませんけど、ちょっと冷たいな、と思って」

また涙が出そうになって、私はまた瞼をしばたたかせた。

「大丈夫よ。優希さん、怪我をしたショックで弱気になっているのね。だけど、川島さんからの提案は悪いことじゃないわ。優希さんにとっても、きっといい話よ」

「でも、先生……」

「今日の晩、あるいは明日の土曜日の朝には、川島さんから連絡があると思う」

「今日の晩か明日の朝？」

「それから、パンを届けた人についても、明日までにはわかると思うから、心配しなくていいから」

先生は自信ありげに言った。なにを根拠におっしゃるのだろう、と思ったが、先生は「すぐにわかるから」と笑って教えてくれなかった。

そして、その晩、夜の九時を過ぎた頃、川島さんから電話があった。スマホに発信者の名前を見て、私は妙にドキドキしながら電話を取った。

「もしもし、川島です」

川島さんの声の後ろから、電車の音が聞こえる。

「今朝はすみませんでした。急に出社することになって、慌てていたので」

「出社されたんですか？」

「ええ、雑誌の方でちょっとしたトラブルがあったんです。僕がデスクをしているページだったので、出ないわけにはいかなくて」

「それはたいへんでしたね」

「そんなことより、怪我の方大丈夫ですか？　利き手が骨折だと不自由でしょう？」

「あれ、私、骨折って言いましたっけ？」

怪我の状態を説明する前に、川島さんには電話を切られてしまったのだ。

「保田さんから聞いていたんです。昨日の午後、会社に電話がきて、優希さんがたいへんなことになった、って教えてくれたんですよ。仕事でばたばたしていたので、お見舞いの電話が掛けられなくて、それで今朝そちらに伺ったんです」

「えっ、じゃあ、もしかして、ドアノブのところにパンの包みを掛けてくださったのは……」

「僕です。直接お渡ししたかったんですけど留守のようだったし、ちょうど館林さんのおたくに着いた時に、会社からトラブルについての電話が掛かってきたので、慌てちゃって。それでメッセージも残さず、パンだけ置いて帰ってきてしまいました。すみません」

「そうだったんですね」

謎が解けたら、なんということはない。先生はもしかしたら、そういうことだとわかっていたのだろうか。

「結構、大きなトラブルだったので、そっちで頭がいっぱいで。館林さんから電話をいただいた時、ちゃんと説明すればよかったです。ほんと、申し訳ありません」

「いいですよ、お忙しかったのだから。それで、トラブルの方は無事解決したんですか？」

「はい、そっちの方はなんとか。ついいましがたまで掛かりましたが、明日はゆっくり休めそうです」

「それはよかったです。でも、すみません、野菜のこと。突然キャンセルしてしまって。もうお宅に野菜は届いているんですよね」

「ああ、それは大丈夫です」

「誰か、ほかに作ってくださる方がみつかったんですか？」

ずっと疑問に思っていたことを、思いきって尋ねてみた。このままもやもやしたままより、はっきりさせた方がいい。

「ええ、そうなんです」

川島さんの明るい声を聞いて、逆に私の気持ちは沈んだ。やっぱり予想していた通りだ。

「よかったです。じゃあ、もしかしたら、来月から私は必要ないのでしょうか?」

「え、いえ、そういうことじゃないです」

川島さんはあせったような声を出した。

「昔からの友人から、新宿の方で子ども食堂のボランティアを始めたので、余ってる食材があったらいつでも持ってきてくれ、って頼まれていたんです。それで、今回はそっちに寄付しようと」

「えっ? ああ、そうなんですか」

思いがけない返答だったので、つい間抜けな言い方になった。

「先月そいつがうちに遊びに来たんです。ダンボール箱一杯の野菜を見て、ねだられたんですよ。でも、館林さんにお願いすることになっていたから、その時は断ったんです。母にそれを言ったら、今月はそっちの分まで多めに入れてくれたので、どっちにしてもやつに渡すつもりだったんですが」

「そういうことだったんですね。川島さん、今後のことを打ち合わせしたいとおっしゃるから、てっきりほかに作ってくれる人がみつかったのかと思いました」

「とんでもない。館林さんのほかに、作ってもらえる人なんていませんよ。だけど、やり方をちょっと変えたいな、と思ったんです」

「やり方を変える？」

「あの、いままでは館林さんに全部おまかせだったんですけど、これからは僕もやろうと思うんです」

「というと……やはり、私は必要ないってことですか？」

「いえいえ、とんでもない。館林さんに料理を教えてほしいんです。その、うちに来た友だちっていうのは男なんですけど、その辺のものでささっと料理を作ってくれたんです。ちゃんこ風ミルク鍋ってやつだったんですけど、すごくうまかった。それで『男なのに、料理うまいな』と褒めたら、逆に言われたんです。男とか女とか関係ない。料理くらい自分でやれ。いつまでも人まかせじゃダメだって」

ちゃんこ風ミルク鍋。シチューではなく、そっちだったのか。私は妙に安心した気持ちになっていた。

「それを聞いて、僕、ちょっと反省したんです。確かに、僕はずっと料理に向き合ってこなかった。料理は生活の一部なのに、そこを誰かに頼ってきた。それって、自立してないってことじゃないか、って」

「それで、自分でやってみようと思われたんですね」

「ええ。だけど僕、ほんとうに何もやってこなかったから、いきなり料理をしようと思っても、無理だと思うんです。ダンボールいっぱいの野菜の料理なんて、きっと嫌になる。だからその、ちゃんとできるまで館林さんに手伝ってもらえたら、と思って。館林さんに助けてほしいんです」

川島さんの声が少し上ずっている。ちょっと照れているみたいだ。

「いいんですか、私で。料理を覚えるなら、うちの食堂でも料理教室をやってますが」

「いえ、僕は館林さんに教えてもらいたいんです。館林さんだから、習いたいんです」

それを聞いて、私の胸の中はぽっと火が灯ったように温かくなった。

「そういうことなら、喜んで。川島さんが料理に自信が持てるようになるまで、おつきあいします」

嬉しさで笑みがこみあげてくる。

「はい、これからもよろしくお願いします」

「こちらこそよろしくお願いします」

言葉遣いは他人行儀だったが、いままでより川島さんとの距離が近づいた気がした。嬉しくて、なんだか胸がどきどきした。


「先生、どうして川島さんから連絡が来るってわかったんですか？」

翌日、私は先生のお宅で遅い昼食をいただきながら、川島さんの話をして、懸案事項が片付いたことを報告していた。

今日のまかないランチは、春野菜のリゾットとタケノコのステーキだった。今朝、保田さんが穫れたてのタケノコを届けてくれたのだ。まだ小さいタケノコで、ランチに出すほどの量はなかったので、まかないで使うことになった。タケノコは柔らかく、バター醤油の香ばしい風味によく合っていた。

「川島さん、仕事で急に出社って言ってたでしょう？　つまり、優希さんが電話した時はいろいろあせっていて、ちゃんと応対できなかったと思ったのよ。仕事が終わったら、そのことを反省して、謝りの電話が来ると思ったの」

「パンの件は？　川島さんだとわかっていたんですか？」

「ええ、まあ」

「どうしてわかったんですか？」

先生はナイフとフォークでタケノコを切ろうとしていたが、その手を止めて私を見た。

「これはもう、推理するまでのこともないわ。優希さんの好みを知っていて、自宅も知ってる人って、そんなにいないでしょ？　私か香奈さんか、せいぜい村田さんくらい。保田さんは優希さんのお宅を知ってるけど、パンの好みまではわからない。料理教室の生徒さんや常連さんとはパンの話をしたかもしれないけど、逆にそういう人は優希さんの自宅の場所は知らないでしょう？　川島さんはアライグマの騒動の時、優希さんのお宅まで来てくれたし、彼なら優希さんの好みも知っているだろう、と思ったのよ」

「どうしてですか？」

「だってねえ」

先生は意味ありげな顔をして香奈さんの方を向いた。

「川島さんだもの。優希さんの好みをチェックしてないわけないじゃない」

香奈さんがにやにやしながら言う。

「えーっ、川島さんは雇い主ってだけで、別に私のことなんて気にしてませんよ」

私は反論した。川島さんが私に個人的に興味持ってるなんて、そんなことはない。

「そう思ってるのは、優希さんだけよ、ねえ」

香奈さんが先生に同意を求める。先生は微笑みながら黙ってうなずいた。

「誰が見ても、川島さんが優希さんに好意を持っているのは明白なのに、当の優希さんはちっとも気づいていないのね」

「そんなことないですよ。川島さんはみんなに親切だし、私だけ特別ってことはありません」

「優希さんったら、鈍感なんだから」

香奈さんはあきれたような声を出す。先生が微笑みながら言う。

「いえ、優希さん、真面目だから、ほんとは気づいているけど、気づかないふりをしているんでしょう？　仕事関係に恋愛感情は持ち込んじゃいけないって」

先生のおっしゃる通りだ。川島さんと私の雇用関係は、ほんとに微妙なものだ。いい関係でいたいと思ったら、いまのままがいい。好きとか嫌いとか、個人的感情で動いてはいけない、そう思っていたのだ。

「真面目なのは悪いことじゃないけど、もっと感情に素直になっていいのよ。人であれものであれ、何かを好きという感情はとても素晴らしいものだと思うし、人を前向きにする。恋愛の場合は相手のいることだから、思い通りにいかないこともあるけれど、それも経験だし」

「だけど、急に関係を変えるのも、なんだか照れくさいし」

そう言われても、なんとなく抵抗感が残る。あまり意識しすぎると、川島さんといっしょに料理するなんて、恥ずかしくてできなくなる。

「関係をもっと近づけたいと思って、川島さんはバイトのやり方を変えようと思ったんじゃないの？」

からかうような口調で香奈さんが言うので、私は答えようがなく、うつむいてタケノコを口にした。さっきまでおいしいと思っていたタケノコなのに、なんだか味がしない。

「あのね、優希さん、ものごとにはタイミングがあるの。このタケノコだって、いまは柔らかく、とてもおいしいけど、数日経てば固くなって料理には向かなくなる。ほんの短い期間の命を、私たちはいただいている。人との関係も同じ。人の気持ちは変わっていくから、縁を紡いでいける時間は短いのよ。ずっと関係を続けたい人から手を差し伸べられたら、素直に受け止めた方がいい。タイミングを逃したら、相手の気持ちも変わる。二度と触れ合えなくなるかもしれない。それでもかまわない相手なのかしら？」

「それは……」

嫌だ。

思いがけず、強い気持ちが湧いてきた。

川島さんと離れたくない。もっと近づきたい。

「だったら、自分の気持ちに素直になりなさい。柔らかい芽のうちに、恋を味わいなさい」

「はい」

先生の言葉が、私の胸にすとんと落ちた。

変に気を回すことはない。私は川島さんが好きだ。その気持ちに素直になろう。

目を上げると、窓が見えた。春の光が柔らかく降り注ぎ、レースのカーテンがゆらゆらと揺れて複雑な影を絨毯《じゅうたん》に描いている。

ありふれた、だけど穏やかな光景を眺めながら、私は川島さんに会った時に話す言葉を考えていた。

本作品の「春菊は調和する」「セロリは変わっていく」「玉ねぎは二つの顔を持つ」は小社HP連載に加筆修正したものです。「裏切りのジャム」「タケノコは成長する」は当文庫のための書き下ろしです。

なお、本作品はフィクションであり、登場する人物・団体は、実在の個人および団体等とは一切関係ありません。

碧野 圭（あおの・けい）

愛知県生まれ。東京学芸大学教育学部卒業。フリーライター、出版社勤務を経て、2006年『辞めない理由』で作家としてデビュー。

今巻が四作目となる『菜の花食堂のささやかな事件簿』シリーズのほか、ベストセラーとなりドラマ化された『書店ガール』シリーズ、『銀盤のトレース』シリーズ、『スケートボーイズ』『駒子さんは出世なんてしたくなかった』『1939年のアロハシャツ』『書店員と二つの罪』等、多数の著書がある。地域の食文化への興味から、江戸東京野菜コンシェルジュの資格を取得。

だいわ文庫

菜《な》の花食堂《はなしょくどう》のささやかな事件簿《じけんぼ》
裏切《うらぎ》りのジャム

著者　碧野《あおの》 圭《けい》

二〇二一年七月一五日第一刷発行
二〇二一年八月一五日第二刷発行

発行者　佐藤 靖
発行所　大和《だいわ》書房
東京都文京区関口一-三三-四 〒一一二-〇〇一四
電話 〇三-三二〇三-四五一一

フォーマットデザイン　鈴木成一デザイン室
本文デザイン　bookwall(村山百合子)
本文印刷　信毎書籍印刷
カバー印刷　山一印刷
製本　小泉製本

ISBN978-4-479-30873-7

http://www.daiwashobo.co.jp

だいわ文庫の好評既刊

＊山口路子
オードリー・ヘップバーンの言葉
なぜ彼女には気品があるのか
女性の生き方シリーズ文庫で人気の山口路子書き下ろし。オードリーの言葉には、今を生きる女性たちへの知恵が詰まっている。
650円
327-1 D

＊山口路子
ココ・シャネルの言葉
「嫌いなこと」に忠実に生きる
「香水で仕上げをしない女に未来はない」「醜さは許せるけどだらしなさは許せない」シャネルの言葉にある「自分」を貫く美しさとは。
680円
327-3 D

＊山口路子
ジェーン・バーキンの言葉
フレンチ・シックに年齢を重ねる
世界のファッション・アイコンの恋愛、仕事、美意識とは。70歳を超えてなお美しく変わり続けるバーキンの言葉を厳選した本。
680円
327-4 D

＊山口路子
サガンの言葉
『悲しみよこんにちは』のフランス人作家サガンによる孤独と愛の名言とは。眠れぬ夜を知っている全ての人へ。
700円
327-8 D

＊佐藤青南
君を一人にしないための歌
女子高生の七海は年齢・性別・経験不問でギターを募集中！でも集まるのは問題児ばかりで…！新時代の音楽×青春×ミステリー爆誕！
680円
356-1 I

知野みさき
鈴の神さま
「俺はな、鈴守なのじゃ」――無垢な子供の姿をした小さな神さまが教えてくれた大切な事とは…清らかで心躍る5つのやさしい物語。
700円
361-2 I

＊印は書き下ろし

表示価格はすべて本体価格（税別）です。本体価格は変更することがあります。

だいわ文庫の好評既刊

＊知野みさき
深川二幸堂　菓子こよみ
社交的な兄と不器用な弟が営む深川の小さな菓子屋「二幸堂」。美味しい菓子が心を癒し、人と人を繋げ、希望をもたらす極上の時代小説。
680円
361-1 I

＊知野みさき
深川二幸堂　菓子こよみ〈二〉
江戸の菓子屋を舞台に描く、極上の甘味と人情とままならぬ恋。兄弟の絆と人々の温かさに涙零れる珠玉の時代小説、待望の第二弾！
680円
361-3 I

＊知野みさき
深川二幸堂　菓子こよみ〈三〉
一途に想うその人を慰めるとびきりの菓子を——兄弟が営む江戸の菓子屋をめぐる温かな絆と切ない恋。人気著者が描く極上の時代小説。
680円
361-4 I

＊ほしおさなえ
言葉の園のお菓子番
見えない花
書店員の職を失った一葉は、連句の場の深い繋がりに背中を押され新しい一歩を踏み出していく。温かな共感と勇気が胸に満ちる感動作！
700円
430-1 I

三浦しをん
お友だちからお願いします
どこを切ってもミウラシヲンが迸る！　そんなこんなの毎日を、よかったら覗いてみてください。人気作家のエッセイ、待望の文庫化！
680円
378-1 D

三浦しをん
本屋さんで待ちあわせ
本は、ここではないどこかへ通じる道である——読書への愛がほとばしる三浦しをんの書評とそのほか。人気作家の情熱的ブックガイド！
680円
378-2 D

＊印は書き下ろし

表示価格はすべて本体価格（税別）です。本体価格は変更することがあります。